웅비약진

이 영 로 지음

국학자료원

웅비약진 雄飛躍進

산을 넘고 넘으며 다 넘지 못 하고
꽃도 보고
새소리 들으며 춤도 추고
시원한 그늘 속에서 꿈꾸다가
청춘 다 가고
그제사 한고비 더 넘었으면
뜻을 이룰 것을
후회 한들 소용없는 넋두리
큰 뜻을 세운 포부
들고 있지만 말고
뛰고 또 뛰어라
돌진 하여 앞으로 앞으로만
정진하면
승승장구 상서로운 광명이비치고
행복의 별이 밝게 솟아올라
영광의 월계관
웅비하여
약진한 덕분이어라

〈지광 이영로 화백 자화상〉

〈雄飛躍進(크게날고 돌진하라) 포부를 크게 가져라〉
(50cm x 70cm)

대한민국의 한국화 서예 명장상을 수상하면서
감격의 희열을 느끼는 이영로 시서화가
(자필작품 금강경 병풍 앞에서)

시집을 내면서

음지를 비치는 별이 되어

예술의 강하고 존귀한 그늘 속에서 순수하고 아름다운 멋이 풍기는 자연의 신명나는 교감을 안고 동고동락 하면서 설발을 쓰고 인생을 되돌아보니 희열을 꿈꾸던 아득한 세월 그림 같이 지워지지 않는데 보지 않을 내 꽃 봄을 꿈속에서 그리며 남은여생 예술의 물결치는 별이 되고자 설레는 마음 달래며 슬기로운 자세로 조심스럽게 "웅비약진"의 새로운 시집을 내면서 뜻을 크게 품고 꿈을 크게 펼치며 앞만 보면서 뛰쳐나가면 큰 뜻을 이루리라는 타이틀을 붙여 봅니다.

물 같이 바람같이 순리대로 편안하게 고집을 멀리 던지고 자연 속에 헤엄치며 살라리 하면 그 얼마나 신선이요 안락 속에 새 소리 물소리 같이 노래하며 초롱꽃 정답게 소곤거리면서 같이하면 세월이 덧없이 흘러간들 일체가 유심조인데 그것이 선정이 아니겠는가!

음지에서 고통으로 신음하고 있는 자여! 욕심을 버리고 순리 찾아 가노라면 행복이 반겨주고 계곡 수 맑은 물에 웅달샘 솟아나는 희락을 즐길 수 있는 정토를 인도 하며 나의 흔적을 남기니 조금이라도 도움이 되어 주기를 기원하여 봅니다.

시집을 내기까지 음으로 양으로 지도편달 하여 주신 채수영 박사님께 고마운 마음 아로 새기며 오늘의 시인으로 이끌어 주신 성지월 선배님의 감사한 마음을 고이 간직 하면서

2015년
이천 효양산 자락
평촌 寓居에서
지광 이영로

추천사

80평생을 예술혼과 함께 한 한국 미술계의 거목

미국 시카고에서 예술 활동으로 국위선양에 힘써 오신 지광 이영로 화백이 고향인 경기도 이천시에 둥지를 트신 지 어느덧 10여 년이 되어 간다. 가족이 모두 미국에서 살고 있음에도 향수를 못 잊어 지난 2004년에 귀국해 지금까지 홀로 예술혼을 불태우고 계신 것이다.

'맹호도 - 호랑이'의 대표작가로 유명한 이 화백은 80평생을 예술혼과 함께한 한국 미술계의 거목이시다. 이 화백은 5세 때부터 할아버지의 한문 교습으로 공부를 시작했고, 초등학교에 입학해서 그림 그리는 것을 더 좋아했지만 아버지의 불호령이 무서워 말도 못 꺼내고 서예공부에 매진하셨다.

초등학교를 졸업하고 서울 배재중학교에 입학하면서 본격적으로 그림을 그리기 시작했는데, 이 화백의 트레이드마크인 호랑이 그림을 그리기 시작한 것도 이 즈음이었다. 어느 날 우연히 한국형 호랑이에 대한 기사를 보았는데, "한국 사람의 성품과 닮았다."는 글귀에 마음을 빼앗긴 것이다.

그때부터 지난 80평생 동안 수많은 맹호도를 그리며, <대한민국종합예술대상전> 대상 6회, <국제종합예술대상전> 대상 4회를 비롯해 김두희 법무부 장관의 한국화 대상을 수상하는 등 크고 작은 상을 휩쓸며 예술혼을 불살라 오셨다.

특히 이 화백은 해외에서 그 실력과 명성을 인정받았는데, <한중국
제예술대상전> 대상 3회, <중국 길림성 역사박물관>과 <장춘 혁명
박물관>에 맹호도 작품을 소장하는 등 그 명성을 널리 떨치셨다. 더
불어 중국 서화함수예술대학에 명예교수로 임명 받기도 하셨다.

또한 <러시아 문화부 장관 (Dr galima)상> 수상, <일본전일전>
에서 장려상 수상, 미국에서 <예산처 장관 (mania papase)상>과 시카
고 6선 시장 <데일리 메이요 (daley mayor)상> 수상, <UN 평화예술대
상전> 대상 2회 연속 수상, <UN 아카데미 세계평화상> 수상, <국제
예술지도문화상>, <국제미술 대사관상>, <세계평화교육자상>, <세
계 외교관상> 수상 등으로, UN 세계평화교육자연합(IAEWP) 예술분
과 부위원장을 역임하시면서 널리 국위를 선양하셨다.

현재는 제10회부터 지금까지 <대한민국 국전> 심사위원을 역임
하고 계시며, 대한민국 서예명장상과 인증서를 획득하는 등 서예에도
독특한 초서체로 서예 문단의 큰 별로 존경을 받고 있다.

"호랑이를 그릴 때 찰나를 그려야 실감이 나고 무서워 보입니다. 또
한 사자와 같이 사납게 그려서는 안 됩니다. 특히 무섭고 위엄이 풍만
하게 눈동자를 점안해야 생동감이 넘치는 호랑이 그림이 됩니다."

이 화백은 80평생을 맹호도에 정진해 왔건만, 아직도 예술의 진리
를 찾기에는 아득하기만 하다고 하신다. 하지만 이 화백의 <맹호도>
는 한국 민족의 기상을 그대로 잘 나타내어 누구도 추종을 불허하는
정신세계를 표출한다고 극찬을 받고 있다.

"탐욕을 부리지 말고 순리대로 살아라."

이 화백은 삶의 철학을 구현하기 위해 작품 이외에도 소외받는 이웃에 대한 나눔과 베푸는 정신을 실현하고 계시다. 그동안 30여 년 간 꾸준히 교도소 위문전시회를 진행하는 동안 전시한 작품 모두를 기증함으로써 범법자들의 교화에 보탬이 되도록 노력을 기울여 오셨다. 이에 감동을 받은 전국 각지의 교도소 측에서는 감사장으로 치하를 해오고 있다.

이제 고향인 이천에 영주하게 된 이 화백은 지금도 이웃사랑을 실천하느라 여념이 없다. 혼자 사시느라 생활에 여유가 없어 보임에도 꾸준히 환경이 어려운 학생들을 위한 장학금을 지원하고 있으며, 이천시 원로위원으로 중학교 교실을 임대해 무료로 서예와 그림 지도를 하시며 여생을 봉사활동에 바치고 계시는 중이다.

한국문인협회 회원으로서 서화집 <내일도 희망찬 해는 솟는다>와 두 번째 서화집 <숨 쉬는 흙>을 발간했고, 또 이렇게 세 번째 서화집 <용꿈>을 세상에 내 놓았고 <복조리>와 <웅비약진>을 펴내신다.

"언제고 이 세상을 떠나야 할 몸이니 가지고 있는 작품 300여 점을 기증할 곳을 찾고 있다."는 말을 넌지시 건네시는 말씀에 존경을 표하며, <웅비약진>에 담겨 있는 예술혼을 독자님들과 함께 향유할 수 있음에 감사드린다.

월간 경제인 기자 조명진

목차

제2부 현자의 길

제3부 장미꽃 넝쿨

제4부 지혜의 벗

제5부 희망의 샘터

제6부 고독의 그림자

제7부 낙엽 바람

제8부 향기의 정

제9부 회심의 눈물

제10부 새벽이슬

제1부

슬기로운 꿈

〈슬기로운 꿈〉

(70cm x 70cm)

〈사생결투 (국전에서 종합대상수상작품)〉

(135cm x 135cm)

진미眞味

인생의 요람은
어찌보면 뜬 구름 얼듯하고
바람 따라 흩어 지는 것

한낱
사라지는 초로와도 같아
가련한 하루 살이 신세려니

부귀 공명 되어
요란 하게 희락을 즐기며
나는 새 떨구고 큰 기침 해도

쟁투하면 외로워지고
병들어 가는데는
공명도 눈 돌리고 돌아 앉을제

궁하게 없이 살아도
아들 딸 둘러앉히고
오히려 욕심 버리고 사는 인생

오붓 하게 즐기고
콧 노래 부르며
사는 재미 진미가 아닐런지

미소화微笑花

무엇을 잃은 듯 허전한 빈손
가을이 주는 선물인가 봐

쓸쓸한 바람 속에도
아려雅麗하게 웃어주는 코스모스

볼수록 은은浪浪 해지는 마음
절로 나를 황홀케 하는구나

수줍어 간들 간들 그 모습
물신 나는 가을의 정서로다

울적한 외로움을 달래 주는
키다리 아가씨야

아침 햇살에 너의 미소가
더욱 찬란하고

실바람 타고 노닐 때
가냘픈 너의 심성

순진한 맵시가
내 마음을 사로잡네

곡절인생曲折人生

어지러운 마음 잠 재워 보려고
침상에 들어 볼 제

어이없는 잡념이 어즐하여
더 고달퍼 지는 것을

울고 웃는 인생사
골골이 풀어 해도

끝이 없는 치다꺼리
시원히 풀리지 않는 매듭

욕심 부리면 더 고통스러워
이렁성

순리 찾아 살까 하니
그래도 모면 못 하는 우여곡절

힘들고 끈끈하여
달빛 속에 눈을 감는다

둘이 걷던 오솔 길

바람도 멎어 고이 잠들고
효양산 일망대로 굽은 녹색길

가향과 짝되어
추억의 순간 씨를 심으며

싱그러운 호젓한 마음
아름다운 정 읊어 보는 오솔길

돌에 새긴 지광작 희망시를
눈으로 읽고 또 읽어 가슴에 새겨
어두운 향민의 소갈된 심정을
사랑으로 더듬어 주는 안도의 시구절

향내 마음 가득히 마시고
오솔길을 조용 조용히 밟으며

오순도순 손 잡고 엮은 우정
티 없는 친구가 되기를

효양산 정기 속에 깊이 묻어
천추의 변함 없기를 합장 하면서

난절정難切情

망념妄念을 다 버렸다 하더니
님 생각에 빠져
예쁘게 느끼는 마음 어찌하고
서글퍼 외롭다고
아직 욕정의 앙금이 남아 있어
번뇌 망상의 애착을 붙잡고
떨쳐 버리지 못하는 고통
어찌
욕정을 버렸다 하는가?
마음의 애착을 버리고
번뇌 망상을 끊는다는 것
무아의 경지에 든다 함은
더 더욱 어려워
필연이것이
정을 끊기가 매우 어려우니
삼매경에 든다는 것
그리 쉽지만은 않더이다

슬기로운 꿈

마음의 잡념을 버리고
고요하고 청정하면
수고로운 천신만고도
어찌
침노 할수 있으리

정신이
선정에 들어 일도하면
불 집도
서늘해질 것을
잘도 알면서

무엇이 아까워서
괴로운 번뇌 만상
훨훨 미련 없이 속풍俗風에 못 날리고
아직도
어이 끼고 떨치지 못 하는고

초로인생

새벽 언덕 풀잎에
맺혀 달린 이슬을 보고
방울방울 진주알이
새롭고 영롱하게 빛나도
슬퍼지는 이 마음 어떻소

동녘에 햇살이 들면
자취가 살아지는 이슬을
어느 시인의 눈초리에
애련히 비치어
인생을 초로와 같다 했던가

화려하던 청춘의 꿈
아무리 영롱해도
세월에 젖어 애락哀樂에 젖어

못 다한 사연들 남기고
속절없이 이슬처럼
사라지는 초로인생 아니던가!

훈도訓道

할 행복이 그속에 있거늘
만족을 느낄줄 알으면
정숙하게 웃는사람
욕심버려 근심없어서
더벌기 굶에 이를것도 살아지고
승리을 얻어 행하면
그나마도 잃아가오 후회되어
찾지 말요 풀지오면
사장속에 정상까지 골오갔다
훈련속에 쥐였지고
슬프고 수정이 가득 섞어
우석이 흐르리어 알음하라 빠져을

훈   도

청정심清淨心

지난한 마음 달래보려
행장 차리고 불사를 찾아
부처님 앞에 넙쭉 엎드려
스님 목탁 소리에 허물을 벗으려고
눈을 지긋이 감아 봅니다

오염된 마음 급하게
초초한 욕심 부려보니
수도 정진 될리 없고
스님의 크고 한량없는 공덕에
절로 머리 숙연해져

합장하고 뉘우치며
고행을 마다 않고 마음 다스려
홀가분하게 무념으로
고요한 마음 참선에 들어
육바라밀을 정진하여 봅니다

벽에도 귀 있다

아무도 없는 빈방
너와 나 주고받은 속 소리
어둠 속에 파묻은 모두를
밖에서 알게 되다니
벽에도 귀가 있다더라

낮말은 새가 듣고
밤말은 쥐가 듣고 있으니
무심코 뱉은 말
바람타고 천리를 간다

숨은 도적이
밖에 있는 것이 아니고
바로 옆에 심복이라면
허랑한 언동
조심 또 조심

필수요소必需要素

계획 없이 일하면
반드시 차질이 어김없이
기다린 듯 생겨나
시간과 물자의 손실 낭패로고
용기 잃고 허탈감 어이 할거나

계획 없이 쉽게
마구하는 공사 속에
걷잡을 수 없이 생기는 바드러운 위험
돌이킬 수 없어
파멸의 문이 열린다

어림짐작으로 하는 일
허사가 되어 실본失本 한다면
협력 하는 이 없고
필수로 계획 세워 하는일
모름지기 식자의 사려思慮이니라

안도安道

어차피 가야 할 인생인데
선악을 가려 무엇 하며
승패의 愛樂애락 함도 잠시 감이거늘

욕심으로 고달픈 인생살이
어데 만들어 헤매려 하느뇨

물결치면 치는 데로
바람 불면 따라 날러

주어진 인연을
조용히 따라가면 될 것을

배 곯으면 찾아 먹고
잠이 오면 자면 되지

넘겨다보며 기웃거리지 말고
욕심 부리지 말고

낙원의 양지 언덕 찾아서 편안한 길
순리대로 따라가면 안도인 것을

회전의자

심서가 차분히 가라앉으니
무심히 보던 별빛도
아름다워 따스하고

피어나는 꽃잎도
화정花情 속에 웃으며
다가서게 되는 것을

고락을 트집 잡지마라
즐거우면 품 속에 사랑이 되고
괴로우면 미련없이 벗어 던져라

배부르면 진수성찬 시삐하듯이
마음에 없는 행복
누리기 어려우니

이렁성 저렁성 살다 보면
기쁘고 즐거움이
스스로 웃고 찾아 올 것을

어이 싸우며 고달프게 살라하느뇨

욕심 버리면

절로 편안한 회전의자인 것을

〈응시맹호도 (UN 평화예술대상전 수상 받은 대상작품)〉

(70cm x 135cm)

노을 속 구름

산복에 이는 구름 노을 속에 잠기고
다시 또 보아도
아름다운 가경佳景이라

소식 없이 가신 님
그 곳에 숨어
웃고 계실까?

깊이 잠긴 노을 속
선녀의 고요한 아미 같이
숨어 웃으며 머리 숙이고

보기는 어려워도
심서가 자리잡으니
아름다운 꽃 마음에 피며

기봉에 서린 저미한 구름
여신의 희극 인 듯
매료되는 상그러운 그 미소

볼수록 끌려드니
오래 오래 꿈꾸며
잠들고 싶어라

빈손 들고 가는 길

한세상 길다 해도
죽음이 눈 앞인데
희비애락 언제 다 하노

하지만 서두르지 말고
조금씩 쉬어가며 타령하다
남겨 두고 가야지

세월은 쏜 화살 같아
사이 사이 울고 웃어 보려 해도
그 날이 그리 쉽지 않고

서둘러 가야만 하니
못다한 둥지 모두 팽개치고
눈물 흘리며 가야지

지지고 볶아 쳐서
승패를 가려 본들
얻는 소용 무엇이요

부귀영화도 던지고
욕심도 다 두고
빈손 들고 혼자 가는 길

일득일실一得一失

얻어지지 않는 것을
찾아 헤매는 불쌍한 이
언제나 허전한 빈손인데
돌고 돌아 찾아와 보니
시작한 그 자리

애타도록 그리웠던
사랑의 꽃님
언젠가는 이별인데
저리도록 빠져들면
슬퍼 참아내기 어려워

고진감래로
뜻을 이룬들
잃어버린 세월
어찌 찾으려 허탕한 심정
심히 애타는 마음 물결에 흘리며

청빈清貧의 도道

구름 가는 것을 보니
선의 뜻을 알만도 하고
흘러가는 샘을 느끼면서
선율의 이치를 알 것만 같아
수도 정진하면 각覺을 볼 것이니

마음은 청천의 백일이며
숨겨진 아름다운 도는
아음이 땡기어 드니
선경의 요람이고

부정한 수단으로
부귀를 누리시면서
근심의 끓탕 속 보다는
차라리 청빈의 그 자리가
저 별빛 아래 웃음 꽃 아닐까

벗과 술

꽃 시들어 파장이고
님도 가버리고
허전한 마음 어이 달랠고
여보게 친구
비 맞으며 걷는 것도 낭만스러워

촉촉한 비 멎어 가고
한가롭고 출출하니
마음이 동하여
빈대떡 술 한잔 어떠냐고
참지 못 하겠네

선술집 술 익어 빈대떡 냄새
참새가 방앗간을 그냥 지날 수 있나
못내 아쉬워 발걸음 멎으니

친구야 딱 한잔만
이렁성 우정 주고 받으며
흥얼 흥얼 하루해가 저물어 간다

고린도전서 13장 4절~7절 신망애 信望愛

기독교 사도신경
The Apostles' Creed

믿음, 소망, 사랑
Trust, Hope, Love

〈고린도전서 13장 4절~7절 신망애信望愛〉

일필휘호

한가로운 틈새 정신이 밝어
정든 먹 가벼워 갈아지니
서방 안에 묵향이 충만하고
일도하는 정신 속에
연지硯池 그림자 맑구려
일필휘호 운필하니
숨소리 죽은 듯 풍운이 일고
서단에 맑은 향이 넘치며
서력의 정은 일월보다 빛나고
필력은 용사비등龍蛇飛騰을 바라보며
일도정진 할제
서학은 평생을 두루 삼고
필력은 창공에 빛나니
이제 마음의 벽이 트이노라
글쟁이 환쟁이로 자라면서
명장의 꽃이 피니 청운의 꿈 향기로워
그림은 눈의 거울이 되고
서예는 마음의 빛이 되며
시는 정신의 별이 되니
거룩한 선비 정신이어라

사랑의 계절

겨울 잠에서 눈을 비비며
양지를 찾는 목숨들
숨 돌리는 기지게 옹골차고

봄 물소리 바람 소리 보듬으니
생기 동하는 사랑의 싹이 돋는다

산새노래 취하고 또 취하고
노송의 백학 춤은 그리도
심포니 속에 일품인데

허공에 매달려 찬양하는 종달새
매끈히 숨어 울어 정겨워

그늘 속의 버들은
선비의 웃음인 듯
간간이 흐늘흐늘 정풍을 일구고

사랑 찾는 모래톱 갈매기
나래짓이 더없이 아름다워

제2부

현자의 길

〈현자의 길〉

(70cm x 70cm)

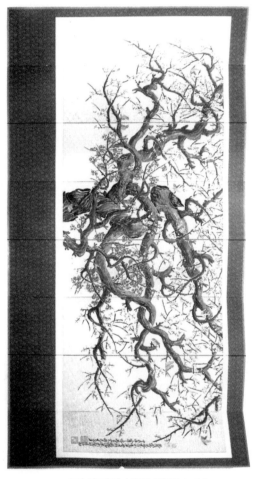

〈매화연결 병풍 길목吉木〉
(중국연길천지국제대회 대상수상작
매화 8폭 연결 병풍)

남풍이 시원해

법 놓고 따져서 다스림 보다
포옹으로 어루만져야 눈물 나고
남풍 불 때 비도 따라 붙으며
밤손님 없어지니
울담 가로걸려 헐게 되고

돌풍 걱정 되어 담장 막으면
온풍도 못 잊고 돌아간다
코 뚫어 끌고 가다 고삐 풀리면
원한의 불꽃이 일고

일꾼 잘 뽑아야 심부름 잘하고
가려운 데 찾아 긁어준다
팔뚝소매 걷어 부치고 부릅떠야
부정 비리 척결되고
탄탄한 주춧돌이 놓이게 된다

현자의 길

분수를 아는 이
어김없이 멈춤을 알고
풍부한 식견이 있어
과욕 없이 모두가 슬기로워
하는 일 존경스럽고 광채 나며

기틀을 바로 알고
그림을 알아 그려야
여유 있는 수작품 얻게 되고
대안이 무탈하여
천수를 누리게 되면

물 가득차면
멈춤을 아는 품위
재해도 겁내어 침범 못하고

사바세계 굴러도
오욕을 멀리 벗어나리

자만심은 위험해

병중에 고약한 냄새 나는 병
아는 채, 잘난 체 하는 병
이기적 냄새 풍기면서
바라기는
높이 존경 받기를 원하고

자존심 까지는 좋으나
자만심은 더욱 위험해
너무 지나친 과장 늘어놓다
망신살에 낭 떨어지고

많이 갖고도 적은 이에게 다가서며
못난 척 모르는 척 뒤에 서서
머리 숙여 물어 하고
모르는 척 배워 하면

일취월장 어이 안 하리
안자顔子를 증자曾子가 성인이라 했으니

꺼지지 않는 벗

백이와 숙제는
양보의 뜻을 미덕으로 알아
처신을 욕 되게 하지 않고
그 명성 지조 길이 후세에
드높이 살아 숨쉬고

세풍을 미리 점쳐
양녕과 효령 대군 슬기롭게
왕위 영달 멀리하고
세종을 추대하니
그 명성 지혜 드높이 살아 있어

태자 자리 싫은 마음 굽히지 않고
태백 우중 형제
세속 따라 마음 굳히며
문왕을 즉위 시키니
그 명성 지조 후세에 살아 숨쉰다

마음의 병

운신은 편안한데
마음이 괴롭고 슳다하여
처방대로
찐을 달여 마시고
마음을 잘 치료해도 치유가 어려워

부귀 공명이 넘쳐 흘러도
주어진 천하권세도
마음의 병마가 깊어지면
소용없는 쓰레기라

마음에 깊게 박힌 가시가
비애의 티끌이라면
수술로 허탄하고 처방도 없고
물리치료도 듣지 않으니
마음의 병은 마음으로 고쳐야지

삶의 지혜

재앙의 씨 심으면
화 꽃이 피어 역한 향기 날리어
애처롭고 슬픈 마음
어이해도 숯고라진다

한쪽 말에 엎으러지면
골절되어
일어나기 난하고
대도를 걷기는
아예 어렵다네

좋은 쪽으로 생각하면
성낼 일도 아니거늘
역지사지 한다면
웃는 꽃 활짝피어

웃는 향기 스쳐가고
복이 스스로 찾아오는 것을

불공

법당 옆문 열고 들어서니
반가워 내민 손
대자 대비한 부처님의 소안笑顔에
마음의 잔미은악殘微隱惡이
부끄러워 고개 숙이고
심사대에 오른 것도 아니건만
전신이 힘이 없네
고요히 눈감고 예불하고
천수경을 아련하며
번뇌 망상을 멀리 쫓아 달라 애원하고
세존의 대자대비 하신 거룩한 은공에
고개 절로 숙여지며
애달픈 속아리 꺼달라고
향 피워 합장하고
부처님께 백팔배로 기도하며
삿되게 이는 과욕
어지러운 마음 달래보려고 합장하며
관세음 보살님께 귀의 합니다

멀리 보면서

구태여안 구피기어졌위
청의 밖을 보지 않으면
어찌 광행으로고
망친의 관 벙자로와 우이이오
원의 깊었으며
어찌 그 행복 하과
우리 하면 구중 없고
없어 궁 할 생화 하여
망무하고 여우 왕을때
성을 잘 살과 하는 일이어의
여유 철 한 일이
오는 정이의 알고
안옥 뿔의 펼쳐라야
멀리 보면서

경탄驚歎

쇠똥구리 암수 한 쌍이
눈 부릅 뜨고 이 악물더니
쇠똥 경단 만들어
길 찾아 끝끝내
굴리며 집으로 가져 간다

포획한 한 마리 벌레
협동으로 끌고 가는 개미 군상
오래 볼수록
그 늠름한 생활력에
절로 감탄스러워

흙 물어 나르더니
끝내 집 짓고 준공 허가 맡어
비비재재 행복의 노래하는 현조
아들 딸 낳아 기르는 재미에
숙연히 고개가 절로 굽어져

땀 흘려야 이룬다

마음 흘리지 말고
뚜렷한 뜻을 세워 노력하며

죽을 땀 흘리면
희망의 샘이 솟구쳐 오르고

근근자자 언덕을 넘으면
행복이 기다리고 있어

욕심 부리지 말고
순리 따라 행하면 서광이 비치리

크다 적다 운명에 맡기고
흡족을 끌어 안어야 이루게 되며

희망의 꽃이
흐드러지게 피어나게 되고

횡재한 재물 허탈히 살아지는 것이니
애절하게도 마음의 병을 얻게 되는 것

피 땀흘려 모은 재물은
쉽게 부서지지 않으리

외로운 길

눈앞에 뒹굴어도 내 것 아니면
바라던 재물이라도
앞뒤를 힐금힐금 둘러보며
슬쩍 욕심 내지 말라
어떤 어려움에 처하여도
얄팍한 꾀로
순간 벗어 날 짓 아예 마라
하늘이 보고 땅이 알고 있어
내것 아닌 재물에 마음이 검어지면
무지 몽매한 소인배 되고
대장부 하면 차라리
불속을 뛰어들어 한 목숨 버려도
한 생명을 구하는 마음
어이 살신성인이 아니냐
저승에서 포장을 받으니
더욱 거룩하여
의로운 길을 행하면
그 마음속의 영광이 빛나리

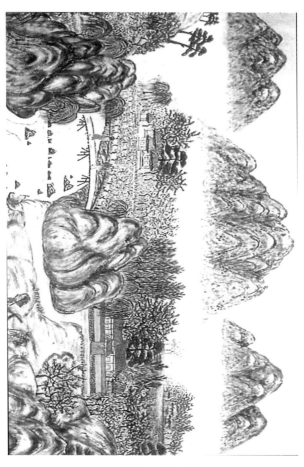

〈향수 고향산천〉

(70cm x 135cm)

희생

억념憶念의 맺힌 설음
복수의 순간 놓칠 새라
몸을 던져 산화 된 얼
그 빛은 천세의 기쁨이 되고
만고의 공훈이 영영하리

내 몸 불태워
누구를 가리지 않고
향기 뿜어 쾌락을 주는 만수향
열사의 유산인 듯
천년의 비길 대 없이 숭경스러워

살신성인의 정신 받들어
내 몸 불 살러 의로운 사명을 이루면
어두운 암흑속의 비명은 살아지고
찬란한 서광의 빛이 일어
모두를 위하는 희생정신이어라

허욕虛慾

힘들다고 땀 흘리기 싫어
잔머리 굴리고 허세 부리며
허욕에 빠져 이렁저렁 횡재 꿈
이루어지기를 바라며 하늘 쳐다보는
삿된 욕심 버려야

물속 노는 고기 잡으려면
보고만 있다고 잡혀지는가
헛된 꿈 버리고
이웃사촌 졸라매고
그물부터 챙겨야지

씨 뿌려도
가꾸지 아니 하면
어찌 열매 얻어지기 바라는고
목말러 우는 소리 귀담아 듣지 않으며
비 기다리는 허욕 버리고
우물 파는 행동 현명한 진리여라

흐르는 물처럼 I

가버린 님 생각에 골돌하니
마음에 내려앉는 바위 큰 비애로다

안주 할 자리 찾아 들어도
오탁이 마음에 걸려 재미가 없고

옆집 후배 잘 되는 일
내게 불똥 되어 원망스러우며

학습이 짧아 식이 모자라니
번뇌 망상 잊을 길 몰라 아쉬워

씨앗은 늦었는데
어이 비는 연일 째 줄기차노

높은 자리 눈 흘리며 애써도
맞는 감투 찾기 어려워라

흐르는 물처럼 순리찾아
욕심 없으면 인생 살이 편안한 것을
구하기 어려운 사연 어이 애써 하려느뇨

흐르는 물처럼 II

흐르는 물 막으면
멈춰 있다 낮은데 찾아
요리 조리 찾아 흐르며

거역 없이 순리 찾아
순조롭게 스스로 흘러 간다

오르려만 하지 말고 아래도 보고
원자怨者를 두지 말며
설자리 누울 자리 찾아야지

베풀면서 세월가면
매듭 없이 시원히 흘러 가리

세루世累 속에서 오염되고
풍파에 휘말리어 깨진 몸
흐르는 물에 심세心洗하면 될 터인데

흐르는 물처럼
욕심 버리면 편안한 것을

청산에 드니

속세가 어지러워 뒤로하고
청송과 더불어 벗이 되어
동거 동락 하니
세상사 탈 없고 무념하며
들리는 새 소리 물 소리 마음이 낙랑해

진솔한 자연의 낙원이어
유곡幽谷한 골짜기 운치가 있고
청풍이 웃으며 안어주니
청초한 마음 흐뭇하고
쾌쾌한 기분 가득하여라

저녁 놀 잠긴 노송위에는
한 쌍의 학이 그림같이 속삭이고
운산에 나온달
시샘하듯
솔 사이를 낭랑하게 비치네

애수의 그림자

무거운 바위 부둥켜안고 살아온
세 년의 허무감을 뒤늦게 알아
허탈한 심정 아쉬워
꼴다운 청춘 가고나니
넘고 넘어 가도 외로운 고개여라

이제사
물끄러미 뒤 돌아보니
천야千耶한 회포만 아물아물
못다한 무념 마음이 무거워
어이 남겨 놓아두고 가나

편치 않은 모양새
거슬리어 마음에 비치니
못 누린 미련들 욕망의 티끌 모두를
벗어 던지고 편안히
용서 받고 가야지

〈은혜공덕〉

(70cm x 135cm)

공덕功德

보시는 영광의 빛이 되고
보듬을수록 편안한 마음 오며

줄기차게 양선 하면 봄날 꽃향기 속에
헤엄치듯 즐거워지는 마음
하지만 복을 바람은 더더욱 아니러니

캄캄한 밤길을 혼자 걸어도
두렵지 아니하는 어두움

온갖 정성으로 덕을 베풀면
자비의 서광이 밝아지니

공력으로 행직한 열매 화려함은
눈 속에 매화 고통스러워도

국화는 찬 서리와 싸워
괴로워도 향을 보시하니

법 보시로 즐거움 주는 공덕
미처 알지 못하여 마음숨기네

우물의 교훈

목이 아무리 탄다고
급급한 성질 불꽃 티면서
우물 들고 물 마시면 정신 망가진다

인내심 너무 짧아 하여
성질머리 참지 못하고
우물에 가서 숭늉 찾아서야

내 집 울 안 마당에서 소리만 컸지
보고 듣지 못해 식견 없어도
우물안 개구리 되지 말라고

겉만 핥고 버리지 말고
꾸준히 한길로 가다보면
파도 한 우물만 파면 뜻을 이루나니

화목한 정

가문이 화순하면 고요한 마음
끼니를 건너 뛰어도
여유 없어 배려하는 따뜻한 정
오히려 챙겨주는 기품 즐겁고
더욱 다정스러워

부부는 주인공 될제
멋지고 예의 발러 틈새 없어야
형제는 한뿌리에서
가지가 자랐으니
절단 되면 있기 어려운 정의

구름도 웃고 넘는 언덕
명월도 쉬어 가는 샘터
오욕을 씻어주는 자혜심이 샘 솟는 곳
오월동주도 용서하는 지혜로운 마음일면
어찌 부귀 영화가 오지 않으리

제3부

장미꽃 넝쿨

〈장미꽃 넝쿨〉

(70cm x 70cm)

편하게 살자

마음의 질서가 뒤숭숭 어지러워
그 모양새가 엉크러지고

편치 않는 먹구름 짙게 깔려
어지러운 매듭 풀리지 않아

십오야 달 밝은 밤에 홀로 명상에 들면
일체 유심조를 알터인데

흐르는 물로 고집으로 역행 못하고
순리대로 낮은 곳을 찾아 흐르듯

높이 바라만 보지 말고
낮은 곳도 편안하고 행복이 있는데

슬픔을 심으면 눈물의 열매요
인을 키우면 복의 열매 달리는 것을

마음 속에 두 놈이 한방인데
어영성 흐르는 물 같이 바람 같이
오손 도손 살라하면 행복인 것을

노을진 언덕

햇볕은 아랫 목이요
바람은 거실인데
들녘 아지랑이 아물아물 춤출제
버들가지 늘어져 쓸쓸하게도
석양 속에 아느작거리고

가는 세월 잡지 못하고
조급하고 불안한 마음
어영부영 자꾸만 흘러가는데
무정세월 노을 속에
꽃바람도 시원치 않아

노을 진 언덕에는 적막한데
옛날의 어린 시절 추억들이
새록새록 애태우니
돌아 올 수 없는 사연들이여
강물에 띄워 멀리 보내려하네

만추晩秋

때 늦은 가을도
아쉬워 저물어 가고
재촉 하는 설한풍을
가까이 바라보면서
달음질 치는 냉냉한 절세節歲

갈 잎 목 말러 견디다 못해
황엽으로 모양 하더니
소리 없이 고사되어 낙엽지고
금 물결치던 전답엔
피죽은 빈 그루만 앙상하구나

갈대 속에 생겨나는
흰 꽃바람 자리차고
제 멋에 겨워 높이 날고
향기로운 들국화 한 송이 외로워도
저무는 가을 턱에 향기 아름다워

〈진급(용룡자)〉

(꿈에 용을 보면 진급된다)

가을의 멋

불그름한 노을 빛
붉은 차일을 친 듯 낭랑하고
몇일이면 고사될 단풍잎도
너무 요요하고 멋이 있어 가을 가슴속에
어즐하게 품고 싶어라

으-스슥 바람속에
낙엽이 가을 노래 부르며 구르고
밤늦어 일해도 힘이 흥겨워
마음 가득 풍성하니
가을의 맛이 너무 황홀해

주인 없는 거미집 달빛에 쓸쓸하고
산새 집도 비어 있어
어찌 모두 떠났을까
안타까운 섭리가 그래도
가을의 맛이 너무 황홀해

꽃 사랑

동쪽 들판 건너 저 멀리
아침 햇살 방긋이 손 흔들며 떠오르고
그 사이로 가물가물 아지랑이 춤추며

꽃바람 솔솔 정답게 찾아드니
꽃향기 때를 놓칠 세라 시샘을 하고

양지 쪽 밭 뚝에
덮어 내리는 따스한 운김 속에
이름 모를 들꽃 수줍어 웃고

꽃 찾는 숫 벌이
그냥 지나칠 리 없어

꽃 치마 속 숨어든 사내 벌
바람 불어 훼방쳐도
꽃잎 잡고 모른 척

홍화 속에
애모의 정은 깊어 간다

장미꽃 넝쿨

되는대로 살면 될 것을
보란 듯이 튀고 싶어
아귀다툼 웃고 울며
성세聲勢를 꿈꾸던 아득한 세월
너무 후회스러워

눈총 받고 빛이 난들 무슨 소용
지탄을 받아서야
양보하고
역지사지 이해하며
둥글둥글 살리라

승패가 가려진들
희열과 원통의 차일뿐
모두가 순간의 장난질이어라
속된 꿈 벗어 던지고
마음 편하게 웃으며 살리라

입하

90 웅비약진

속절없는 세월아

양지 볕 쪼이는 어미 닭도
아기 병아리 시중에 골똘하고

강남 갔던 제비도
옛집 찾아 다시 오게 하며

종달새 높이 떠서
예와 같은 그 노래 다시 부르고

올 봄도 꽃마차 타고 벌 나비
울 밑에 꽃 찾아 바쁜데

모두가 인연 따라 생하고
운명대로 성하는 것을

덧 없는 세월 따라 내 마음의 청춘도
어느 세월에 늙어 가는 것을 서운타

벽을 쌓고 장대 칼로 막아도
어느새도 새는지 하염없이 슬구나

속절없는 세월아
어이가도 정은 두고 가야지

순정純情

신비로운 자연의 그림자
그윽한 맛 자연이 준 아름다운 동산
언제 보아도 오묘한 정이여

속임 없는 진실이
내 마음을 사로잡아

애닳다 세상살이
무엇을 찾으려 이렁성 분주하노

청명산 부운浮雲을
벗삼아 노니러니
낙의 동산이 그 곳인 것을

흐르는 강물에
마음을 띄워 보면
추억이 새록새록 흘러 넘치고

넌지시 신선 바람 올 제
창공이 쾌청하여 눈 감으니
시상이 떠올라 구름 속을 파고드네

봄의 향기

봄 햇살 쨍쨍 향기나고
맑어 화창한데
봄바람 싱그럽게 웃으며 안기니
때때옷 입은 버들가지
청느러저 아느적 거리네

먼산에 꽃물이 들어
꽃 꿈이 서렸는데
춤추며 꽃 찾아오는 나비
자홍 꽃이 손 벌리고
못내 넌지시 안아주며
살랑살랑 꽃향기 품어주네

어제까지 뒷동산 조용터니
산새들 다 모여 들어
봄 축제의 즐거운 향연
봄의 정서가 너무도 낭만스러워

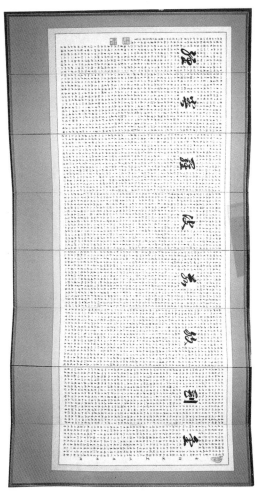

〈금강경 병풍 그림〉

(금강반야바라밀경 8폭 병풍)

마음 따라

초가을 저녁 달빛을 따라
구름 새로 보일 제 수줍어 웃고

신비스럽다 빠져드는 시인
절로 시상의 눈을 감는다

실연한 여인 달 보고 한숨 저
울어 울며 힘들게 마음 달래고

몽실몽실 피어나는 가을 구름
달빛에 황홀하니

어찌 보면 천본만형千本萬刑이요
저리 보면 인생만사 굴곡이라

끝없는 자연의 신비여
시인은 기경奇景이 아름답다 하고

하찬은 오작烏鵲의 떼 무리는
표정없이 제멋대로의 소산所産으로

소리높여 우이독경 할 제
애달픈 마음 어일 길이 없어라

애수의 달빛

뉘엇뉘엇 땅거미 찾아 들어
어스름한 달빛 속에
낙엽하나 바람에 적요하고
고사목에 소쩍새 가을밤이
애연哀然하다 울고 울어

침울한 반달 샛강에 쓸쓸한데
물위에 고깃배 혼자 외로워
고개 숙인 어부 노옹
노를 잡고 달과 함께 잠들어
아무래도 힘이 겨워 보인다

하염없이 애수에 잠긴 새벽 달
강물 위를 더듬어 어리고
외기러기 짝을 찾아
날개 짓 바쁘게도
애처러이 울고 가네

꼴 불견不見 척박사

더러워도 깨끗한척
어렵고 가난해도 부유한척
무식해도 유식한척
누추해도 청결한척
없어도 있는척
울끈불끈 볶아쳐도 당당한척
외로워도 다복한척
교만해도 어진척
불운한데도 행복한척
간사하면서도 지조있는척
가본적 없어도 가본척
먹어보지 못해도 먹어본척
불신하면서도 믿는척
찍지 않고도 지지하는척
싫어하면서도 좋아하는척
끝이 없이 역겨워
혼자는 볼 수가 없고
삼년전 먹은 송편이 넘어온다

비경悲境

쓸쓸히 부는 갈대바람
산란하게 마음에 불고
허전한 마음
가실 길이 없는데
뻐꾸기 산속에 숨어
짝을 잃은 듯
우는 저 소리 너무 처처悽悽해
마음이 애련哀憐해 온다
하늘은 노을 저 익어 가는데
단풍잎 하나
바람에 살랑살랑 언제까지
외로이 애를 태우나
산등 마루에 걸친 석양
골골이 애수 인 듯
제멋에 겨운 기분마다
비애가 서려 있고
초승달 비스름이 매달린 채
바람이 흔드니
마음의 심서가 서글퍼
더욱 애를 긁어 내린다

별천지

미련 없이 진세 떨치고
유곡 심처에 몸담으니
속박 없이 홀가분해

근심 떠난 마음
편안히 여유 있어 콧노래 나오고
희망의 꿈 샘이 솟으며

청송과 마주보며
유유자적 하니
즐거운 마음으로 동이 트네

청풍명월이여
서로 통하는 높은 정감
경쾌한 맛이 나고

정이 그리울 때면
새소리 익어 가면
같이 울어 외로움 달래고

속절없이 가는 세월
그 야속함을
별 빛 속에 묻어 두면서

들꽃 친구

무심코 뚝방 길 걷노라니
청초한 들꽃들 낯설지 않고
꽃향기 몸에 젖어 흐르니
흠뻑 마음도 정겨워
옛 친구 같아 아주 즐겁네

소곤소곤 코스모스 향기
바람결에 사뿐히 수줍어 웃고
야국이 적적한 마음
어이 알고 달래하며
웃어 애를 너무 쓰는 구나

석양이 산을 넘어 갈 제
볼수록 애처로운 노을빛
저무는 인생길 같아
마음 슬타 했더니
야국이 웃으며 달래 주네

덧없는 세월

청산은 진세 밖이고
명월은 선정 속에 마음인데
자연 속에 던져진 이 몸
흰 구름 가듯
바쁘게도 흘러간다

스산하게 강물은 일렁이며
가을색은 숲속에 저물어 가니
단풍잎 석양 속에 붉게 타는데
청송 같았던 이 몸도
노을 속에 제물이 되고

바쁘게도 잘 찾아오는 계절이어
구만리 뜰 황금물결이
벌써 또 굽이치니
속절없이 달리는 세월
달랠 틈이 없어라

여정 餘情

한가하여 올려 보니
끝도 절도 없는 망망 천공이여
뭉게 피어 흰 구름 오르고
가을색이 흐르러 지는 숲속은
축제로 익어가는 향연

둥근 달 연못을 밝게 뚫어도
물은 흔들리지 않고
시드는 갈잎이여
지조 높은 대 그림자 굳은 정
어이 너는 변치 않고 새로운고

굳이 떠나려는 가을밤 섭하여
풍월 읊으니
노변의 야국이 위로 하는 정감
따뜻이 풍겨주는 향기에
허전한 마음 가라 안네

〈맹호대결 (이천시청소장작품)〉

(70cm x 270cm)

춘몽春夢

앞 내 뚝방길 걸으며
방초 푸르러 그윽한 향기 우거지고

우는 종달이 높이 떠 길 안내 하며
수난스러운 마음 달래 주는 춘광
따뜻하고 어여뻐

미루나무 그늘 두텁게 덮고 누워
옛날이 그리워 지긋이 눈 감으니
회포가 어지러히 떠오른다

구구절절이 눈물이 어려
돌아올 수 없는 세월 한스러워

청산은 대답 없고
유수는 제길 찾아 흘러만 가는데

백구는 훨훨 날아가며
달뜨는 이 마음 품어 주면서

떨어져 가는 석양볕이
붉게 노을저 넘어 가네

추색의 운치

소소한 가을바람 스산하게 일어
강물 위를 어루 더듬고
오색영롱한 가을 산 계곡에
달빛에 눈을 감고 숨죽이는 산비둘기
어쩌다 님을 잃고 쓸쓸히
홀로 처량하게 우는고
바위 틈 청청수 방울 지어 영롱하며
고사원에 황엽색 눈시울이 뜨거운데
휘영청 밝은 달이
원림의 솔 그림자 깊어도
움직이지 않고
강물을 뚫어도 흔적 없으니
가을의 정서가 어이 곱지 않으리
피어 흐르는 뭉게구름
마음의 회포를 자아올리고
별 빛은 냉랭한데
마음의 바람 외로워지니
유인의 초당에서
솔솔히 흘러나오는 차 향기에
어이도 외롭던 발걸음 멈추지 않을까

부부사이

언제나 사랑 꽃피다가도 섭섭이 오고
용서하며 달래가면서
쓰다듬어 사랑하고
모두 주고 싶다가도
미움이 사무칠 때 바로 그럴 때
밉다고 생각 없이 헤어지면 원수 되는 사이
아쉬울 땐 사랑하며 여보 당신
내살 베어 주어도 아프지 않아
뒤틀리면 미움의 불꽃 일어
소용돌이치다가도
어둔 밤 밝아오면 찬란한 해가 뜨고
가시밭 길 오순도순 헤쳐 가다가도
돌아서서 씹고 뜯으며 도로 사는 사이
해로하자고 수없이 하면서
밝은 달이 비바람에 쓸리어 멍들 때
심한 고초 속에서 헤엄칠 때
진심으로 보듬어 어루만져 주며
사랑의 꽃다발 선물 주고받는 사이가
부부가 아닐런지

제4부

지혜의 벗

〈지혜의 빛〉

(70cm x 70cm)

〈응시맹호도 (대한민국 종합예술 대상전 대상 수상 작품)〉
중국 역사 박물관 영구 소장
(70cm x 135cm)

양춘의 꿈

꽃 볕이 한창 인데
가지가지 울긋불긋 아려雅麗하고
색동 옷 두툼한 봄날이어

멀리서 훈풍은 따뜻하게 오고
방울저 매달린 방초에
눈부신 새벽이슬 영롱하구나

슬그미 오늘 아침 희게 핀
탐스러운 목련 꽃
향기로 짙어 화창한 봄날의 주인공

수놈 까치 틈새 없이 줄기차게
암놈 희롱하며 꼬시는 봄날의 표정
사랑스러워

미루나무 삼거리에 삭쟁이 집 짓고
신혼살림 차렸으니
행복한 봄날의 경사로다

묘안

억센 남자 성질 버릇
순화롭게 길들이 하려면
여자의 살랑 살랑 간드러지는
웃음 꽃 바람이
소근 소근 불어야 약이 되고

우는 아이 달래려면
호랑이가 아니고
달콤한 곳감 한 톨이
뚝 하는 약이 되나니

새싹이 연약해도
딱딱한 흙을 들고
솟아나오니
탄압으로 기대 말고
지혜로운 사랑이 빛을 본다 하더이다

가을밤 운치

깊어 가는 가을 밤
갈대숲 우수수 낙엽짓는 소리
바람 따라 가버릴 제
석별의 정 아쉬워도
가을만의 멋이 그곳에

둥근달 연못을 밝게 뚫어도
물은 흔들리지 않고
시드는 갈 잎 속에
지조 높은 대 그림자 그 정 만은
변치 않고 새로워

가을소리 마음 속 가득 가득
깊어지는데
한잔 걸친 시인의 맵시
수저 들고 노래하는 멋진 영상
가을밤에 운치여라

화정花情

무심코 지나쳤던 호박꽃
오래 꿰뚫어 볼수록 포근한 것을
웃는 얼굴 보지 않고 스쳤으니
내 얼굴이 뜨거워 달아오른다

바쁘다고 설칠 때는
지나쳐 모르던 꽃의 마음을
여유시간 감돌아 설 제 안중에 없던
민들레꽃도 웃어주니
화정 속에 끌려 드는 마음은 얄궂어

적막이 흐르고 허전할 제
커피 향 마시며 마음속에 꽃향기 안으니
벗 되어 주는 꽃 한참 들여다보며
예전에 미처 몰랐던 꽃의 마음을
뒤늦어 알게 되니 쑥스러워 고개 떨구네

겨울바다

파도 속에 갈매기 우는 소리
사뿐사뿐 정겨워

철썩이는 물결 소리
상쾌한 기분 어이 말할고

출렁 출렁 그 물결 언제고
답답한 속마음 시원히 뚫어 준다

병풍바위 부딪치는 그 소리
부룩 송아지 날뛰듯 보이고

성난 파도 휘몰아 칠 때
부리귀신 깜짝 놀라 사라진다

야심찬 파도 웅자의 눈초리
희망이 솟구라 치고

냉랭한 겨울 파도 그 느낌
어찌 보지 않고는 그 맛을 알리

쌓였던 체증 노을 속에 던지고
홀가분히 가라앉는 그 마음

열애熱愛

수암닭 한 쌍 길러보니
어찌도 금슬이 좋은지 흐뭇해
모이주려고 들어설 제
암탉을 가로 막고 공격할 태세
암탉을 갈애함이 너무 지나쳐
살려 달라 암탉의 울부짖음
자주 들려 올제
너무 보기가 한스러워 어느 날
둘째 암탉 구하여 장가 들였지
나도 예뻐서 쓰다듬어 주려는 순간
성희롱 한다고
수탉의 맹공으로
손등에서 피가 나고 상처가 크다
상해죄로 고발 하려했드니
성희롱 죄 맞고소 한다고 울어대네
다투다 합의로 끝냈지만
닭장 문 들어가기 소름끼쳐
하지만 눈치 보며 알 꺼내 올 제
부자가 된 흐뭇한 기분
누구도 모르실거야

진눈깨비

방긋이 웃으며 고개 드는 봄 언덕
희망의 꿈이 솟아나는 샘터

만물의 영장이 고대하던 입춘이 왔는데
미련 못 버리고 염치없이
강비降霏타려는 어리석은 짓 마라

경칩이 뜬눈으로 지켜보는데
몸부림 쳐봐도
네 모습이 짠하게 보인다

먼저 내린 선배는 맹렬한 눈보라였지만
어찌 너는 어림없는 허구를 모르느냐

해동으로 풀려난 개구리도
집어 삼킬 듯 버티고 앉아
뱅뱅 굴리는 눈동자

양춘의 심판대서
질세라 승부한판 위험주니
패배의 눈물 흘리며 녹아내리네

양지 향기

방긋 웃는 봄 햇살의 씨앗인가
춥 덥지도 알맞은 양지 언덕
희망의 샘이 솟아오르고
뜻 솟는 청춘의 꿈
화창하게 생동하는데
안간 힘 쓰고 있는 엄동을 몰아내고
말끔한 봄으로 치우치니
만물의 소망인 듯
불가사의한 자연이 신령스러워
우수 경칩이 선봉에서
찬양 축하의 꽃다발 안겨주니
哀矜하게 도사리던 개구리도
해금으로 풀어주고
만물의 생기를 돌아주면서
화연花宴의 세상 흑색의 평화잔치
병아리와 강아지의 소망인 듯
입춘절의 자비로운 향기
품어 안는 청춘의 꿈 언덕이어라

〈설악산 용악장성 그림〉

(40cm x 70cm)

혜안慧眼

마음에 안개 끼면 애애靄靄하고
판단이 침침하여 저미하니
밝은 광명 빛을 보기 어려워

흘러내리는 강물을 보고도
굳이 역행을 하면 재화를 면치 못하고

슬기롭고 명석한 마음으로 보아야
지혜로운 광명이 틀림없이 비치니

혜안으로 꾀뚫어 보아야
안여태산安如泰山 같아 슬기롭게 품안에 든다

눈보라 속에서도
송죽의 높은 지조를
뚜렷하게 빛나도록 보듯이

난세 속에서도 지혜로운
혜안으로 보아야 심신의 해를 면하고
광명의 빛을 마음에 담아보나니

지혜로운 빛

이런들 어떠하고
저런들 어떠하랴
인생 백년 살기 어렵다 해도
슬기롭고 편안한 마음 돌려
순종하며 욕심 던지고
슬금한 마음으로
흐르는 물처럼
순리대로 흘러가면
만고상락萬古常樂하여 뜻을 이룰 것을
어이 역행하여 천고千古를 가려느냐
쟁투를 일 삼아
상대를 짓누르고 승자가 되어 기쁜들
세고에 부대끼면서
어이타
높이 올라 높이 떨어질 때는
아픔도 크고 상처도 크다는 것을 알면
흐르는 물처럼 살아가는 인생
어찌 그르다 할 것이며
괴로움 없이 편안한 마음 가득하면
지혜로운 빛이 찾아 든다

둘이 걷던 오솔길

바람 멎어 고이 잠든 오솔길
효양산 일망대로 굽어 뻗은 녹색 길
가향 여벗과 짝되어
추억의 시를 심어 본다
싱그러운 호젓한 산길
아름다운 정 읊으며 낭만에 젖어

돌의 새긴 지광 작 희망 시를
눈으로 읽고 또 읽어 가슴에 새겨

어두운 향민의 소갈된 마음
사랑의 불꽃으로 더듬어 주고

향내 마음 가득히
조용한 오솔 길을 헤치며

오손도손 손잡고 엮은 정
티 없는 우정으로 아로새겨

효양산 정기 속에 곱게 묻어
천추의 변함없기를 합장하면서

여유가 있어야

긴 소매 입고 춤추면
흥겨운 멋과 신바람 절로절로
보기 좋은 아름다운 정서꺼리가 되고
재물이 여유 있고 넉넉해야
인심도 퍼주고
사랑도 넘쳐흐르고
즐거운 기적 소리 높아진다
목적 이루기도 어렵지 않게 문 열리고
심신이 어이도 편안한 것을
돈 많으면 장사하기 쉬우며
사고팔기도 예술의 재미가 나고
신기도 즐거운 신명 춤이 나며
노래 절로절로 흥얼 샘 솟아난다
신용 있어 마음까지 믿어주고
뜻을 이루기는 누워서 떡먹기
정치도 부정을 강물에 띄워 보내면
경제가 번영하여 사회가 안정되고
평화롭고 부강한 나라
감히 누구도 넘보지 못하는 것을

형제동근兄弟同根

같은 뿌리에서 형제 태어나
같은 피 흐르니
형은 돌아보면서 자라나고
아우는 의지 하면서 뻗어간다
우애롭게 서로서로 넘늘거리며
뻗어 나아가는 재롱들
형은 원 가지로 줄기차고
동생은
곁가지로 새들하게 커 나가며
한 집에서 화목하게 뻗어 나가니
한설 풍상에도
헐 벗었지만
굳은 지조 강건하며
뿌리는
쉬지 않고 양식을 공급하니
부모로서 의무를 다 하는 것
어찌 화목和木이 아니겠느냐

봄바람

어제 밤 다 지나도록
자우가 촉촉하더니
강변에 빗긴 버들 목을 축이고
아침 햇살에 가지 축 늘어져
싱싱히 아느작거리며 새롭고

십리 긴 뜰에 들 꽃 향기
해맑게 풍기니
이따금
실바람 속에 속삭거리며
달콤한 향내가 코를 스침이 아늑하고

향긋향긋 풀냄새 싱그러워
가던 발걸음 멈추게 하여

호들기 한 곡조를
마음의 정을 읊어보니

새새록 봄 바람속에 옛날이 그리워
고요하던 이 마음에 물결이 치네

자성自省

남을 이기고 번쩍 드는 손
승리하는 쾌감이고

남의 마음 읽는 것은
지혜로운 발상이며

소크라테스는
'네 자신을 알라'하였으니
자신을 아는 이 명석한 자이고

자신을 이기는 이는
이 세상 가장 강한 장사라

산속 도적 잡기는 쉬워도
마음속 도적 잡기는 매우 어려워

스스로를 이겨 자승할 제
두려울 것이 없어라

양보

광혹은 히림이 삼현의 엿즐어 이라
공명공화걱하거피이가여
기혹갖겆잗 엿즐여

어걸거 양보하여 서잣되엿지 버여즈라거
정욱슥지 샇어야슥갇 번겄을

션에 지의되엿션
샇으샹으 베풀여라고
몽을 젹희럱션

구멋 아기 곤여 엿것션
어렁으즐 단하여느
갇으셩가 욱 뚝을 파라 즈연
싸으샹으 션 쉬즈 뉴니고

양
보

코 꿰이면

공자 왈
높은 자리 있을 때
아래 사람 바르게 거느리면
감히 돌아서서
누가 물겠는가?
아래 사람에게 뇌물 받으면
코를 꿰여 엉성한 가지 위에 앉는다
비행을 보고도 혀만 찰 뿐
속이 끓어도 참아야 하고
먹구름 비바람 몰아쳐도
삿된 짓을 보고도 눈 감아야 하니
어쩌다 가지 위에 올려 앉아
천추의 한이 될 줄은
살얼음 판을 걷는 심정
누구에게도
말 못하는 속앓이
언제고 짜드락나서
올 것이 오고야 마는 살벌한 그림자

자구래복 自求來福

복은 하늘이 주는 것이 아니고
스스로 구하는 것

맹자 왈
노력한 만치 나타난다 하였으니

어질게 하면 영화가 오고
불연이면 화가 오는거지

욕을 싫어하면서
어찌 어질지 못하고 욕먹을 짓만 골라하노

높은 자리 앉고 싶으면 어질고 관대해야
능력있게 애를 써야 되는 것

예수님도 말씀하시기를
구하라
그러면 얻을 것이다 하였지
기도만 한다고 주어지지 않는다

허상의 꿈

무척이나 애욕이 그리워
굽이굽이 감도라 뜻을 이룬들
모두가 번뇌탁 인 것을
두고 갈 제 애처러운 슬픔인데
무엇 그리 아쉽게 찾는 애욕

부자로 되고 싶어
눈 흘기며 안 먹고 안 쓰며
쌓아 올린 뭉치
나이 먹을수록 소용없는 넋두리
두고 가는 심정 너무 고통스러워

나 없으면
토끼새끼 어이 살고
님 사랑 누가 지켜 주련가
아서라 모두가 탐욕일뿐
번뇌 망상을 안개 속에 묻어라

오골계 삼계탕

내일이면 중복이라
손꼽아 기다리던 여주 장날
부푼 마음 설레며
한 걸음에 찾은 닭 집
농짙게 생각하던 오골계가 안보여
무너지는 착찹한 심정
어이 할고
망설이던 한참 끝에
토굴 닭으로 바꿔본다
오골계 깊었던 아쉬움이
그리도 쉽게 지워지지 않아
오골계 삼계탕으로 가향을 놀라게
할 멋진 연극이
토종닭 삼계탕으로 바뀌니
아쉬운 마음 좌정이 되지 않아
오골계로 먹어 주겠지 바라던 꿈은
여자친구가 먹지 않는다고
산산조각 되어 맥이 빠지네

摩訶般若波羅蜜多心經

觀自在菩薩行深般若波羅蜜多時照見五蘊皆空度一切苦厄舍利子色不異空空不異色色即是空空即是色受想行識亦復如是舍利子是諸法空相不生不滅不垢不淨不增不減是故空中無色無受想行識無眼耳鼻舌身意無色聲香味觸法無眼界乃至無意識界無無明亦無無明盡乃至無老死亦無老死盡無苦集滅道無智亦無得以無所得故菩提薩埵依般若波羅蜜多故心無罣礙無罣礙故無有恐怖遠離顛倒夢想究竟涅槃三世諸佛依般若波羅蜜多故得阿耨多羅三藐三菩提故知般若波羅蜜多是大神咒是大明咒是無上咒是無等等咒能除一切苦真實不虛故說般若波羅蜜多咒即說咒曰揭諦揭諦波羅揭諦波羅僧揭諦菩提薩婆訶

〈예서 반야심경〉 〈초서 반야심경〉

(35cm x 135cm)

자연의 샘터

세루 속이 어수선 하여
바람따라 흘러흘러
찾아든 청산의 메아리치는 곳

눈앞에 미소 짓는 샘물 맑으니
부글거리던 욕심저리 가고

비 지난 넓은 벌엔
소박한 풀 향기 엄청이 뜨며

우는 새 소리 익어가는 동산에는
연무 사라지고
자연의 웃는 소리 해맑아

노을 진 여주 강물 고요히 내려가고
뭉게구름 피어올라 웃음 지을제

초승달 얄미워 가늘게 손짓하니
세월 속에 멍든 상처
바람이 안아가니 상쾌하구려

제5부

희망의 샘터

〈희망의 샘터〉

(70cm x 70cm)

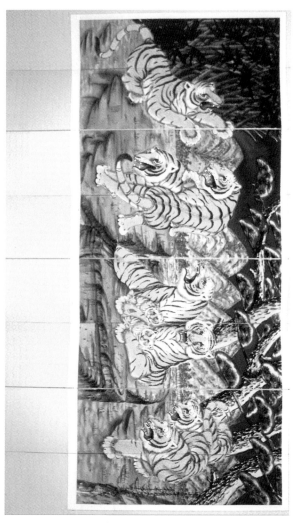

〈맹호도 연결 8폭 병풍〉

선도善導

폭풍 속에 원한의 뇌성일면
일엽편주 될 그날이
어김없이 찾아드니
구정물에 들지 말고
명석한 지혜로 좋은 인연 가져보렴

인생은 한바탕 꿈인데
행복의 종 울리기 쉽지 않아
홍진에 굳어버린 오욕을
청풍으로 씻어 던져버리니
망상이 달빛 속에 슬프게 흐르고

양지 쪽 꽃이 볼수록 소담스러워
꽃의 마음 예쁘게 읽어 내리며
쾌청한 화심 속에 마음 젖으니
천신만고 모두 물러가고
청산 속에 고결한 정 고이 품어 간직하리

한 마음

본적도 알지도 못한다고
그 마음 공포 속에
말로도 글로도 만져줄 수 없고
천신만고千辛萬苦 헤매다가
사랑의 불빛 보면 찾아드는 마음

서로 양보하며 심신心信하면
공상共想의 불씨 생겨나
내 마음 네가 밀어주고
네 뜻 내가 눈치로 알아 하면
한마음 공생共生 할 수 있는 것을

부처님 영산 설교 할 제
말 비틀어 보인 연꽃의 뜻
가섭존자 만이 그 마음 알아들어
미묘 법문 깨닫고
진리를 알아 한 마음 되었나니

환상곡幻想曲

외로움이 스치는 가을밤
그곳에 숨어 우는
풀벌레 소리 자연의 명곡인 듯
화음이 조화로우니
어쩌면 그리도 음율이 낭만스러워

우아한 합창의 낭랑한 저소리
작곡 작사 미상이고
지휘자 누구인지 몰라도
이 마음 흔들어
자연의 공상 속에 흐르며

새벽 별 차갑게 흔들리고
애를 긋는 환상곡이여
고상하게 흐르는 운치가
마음을 사로잡으니
상념想念의 멜로디 여운이 마음속에 흐르네

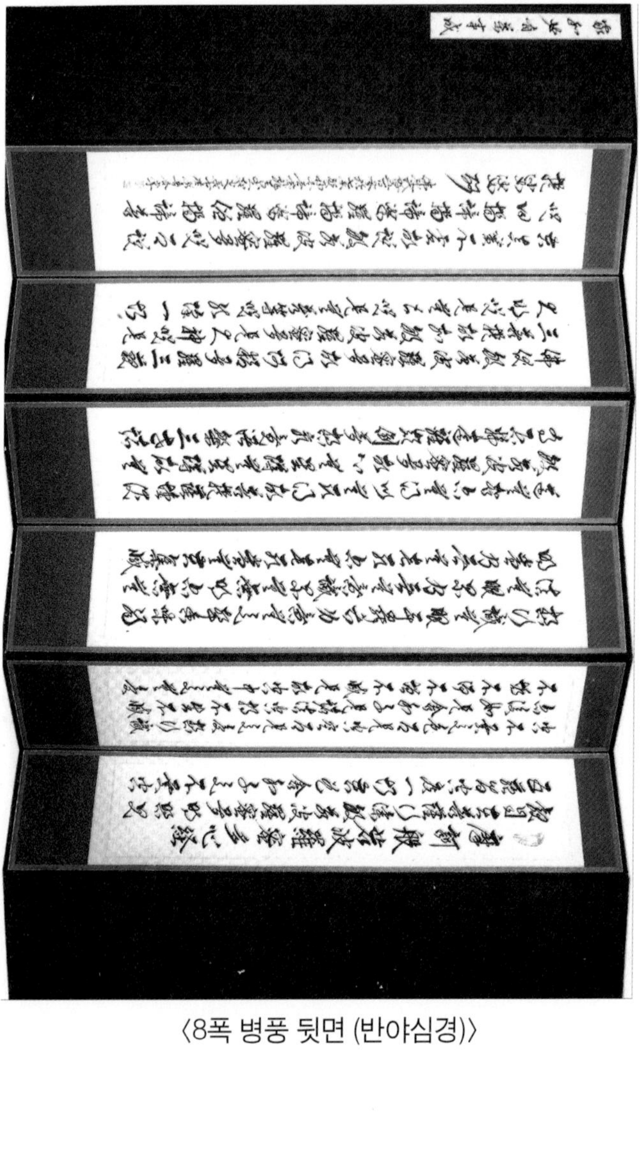

〈8폭 병풍 뒷면 (반야심경)〉

콩나물

흰 보자기 덮어 쓰고
노란 때때옷 입고
알알이 고개 숙인 채
흐벅지게 사랑 받고 키워진 나물
성은 콩이고 이름은 나물처녀
돈에 노예 되어 달려가는
처연悽然한 신세
청정수만 먹고 자란 순진한 몸
싱싱 오동통 소담스러워
아낙네 고운 손에 사랑 받으며
고춧가루 들기름으로 마사지 하고
열탕에 사우나 한 다음
인연 따라 밥상에
다소곳이 풀죽어 엎드린 몸
해장국에 알몸으로 뛰어 들어
시원히 속 풀어주니
살신성인 공 세워 언제쯤
표창 훈장 주려나

해동解凍

한 동절 사라져 어느 틈에 가는 소리
떨어지는 방울 물 점점 빨라지고
방울저 모인 간수 소리 봄을 찬양하듯
웃음 주며 예쁘게 졸졸이
눈 감고 봄을 부르는 사령 같아라

가냘픈 난풍에 일어나는
솔솔 바람 소리에
얼었던 옥수가지 넘늘거리고
양풍에 잔설이 한숨 지을 제
논두렁 밭두렁에 온기가 싱그러워

양지 쪽 계곡엔 어미 새 사랑노래
물소리 따뜻하여 화순하게 흐르고
어느새 눈알 굴리고 앉은 개구리
사라져 가는 아쉬운 동절을
서운타 바라보면서......

은행나무

샛노란 은행잎 언제 벌써
다 떨어지고 쓸쓸하게도
담담히 소리 없이 헐벗은 채로
바람 버티고 허우대 튼튼하니
강한 의지의 꿈이 대견스러워

은행 알은 돌돌이
사람 손에 들고
잎은 약초로 전해 주니
함묵으로 봉사하고
장엄한 뜻 깨우치면서 숙연해진다

조석으로 연년이
인생사 지켜보며
풍담설화風談說話 속에
천년 장수의 꿈을
희망과 보람을 교훈으로 삼아야지

성근誠勤

그 귀한 것 붓과 칼

땀흘려 일한 뒤 저녁 녘에

불의에 타협치 아니 살을 괴로우나

저녁에 되새겨 보는 기쁨 같이

아름다운 꿈을 꾸고

우리들의 내일을 향한 기술이며

노력은 반드시 이루어지고

땀을 쉬이 우 위지며

수고한 뒤 잘 물 되고

연약한 마음

다 바쳐 어려운 일과 싸워 이겨 내며

정의에 떳떳한 마음

근면 자자 노력하면

성   근

서광瑞光

오염된 속세 밀어 던지고
초집에 몸담아 때를 벗으니
홀가분히 마음의 청명 꽃 피고
탐욕은 안개 속에 사라져
밝은 꿈이 상서롭게 비춰오네

아쉽고 곤궁하여도
욕심 져버리며 편안한 세월 속에
번루가 향기 속에 녹아내리니
만고의 유유자적한 쾌락을
어찌 이제사 찾았는지 아쉬워

청산은
몸의 벗이니 늘 푸르고
명월은 마음의 친구 되어
서광이 비춰오리
이 아니 희망의 샘이 아니더냐

수심修心

고요하고 자비 향이 풍기는 곳
소나무 죽대가 밀담을 하고
우거진 자림慈林 속에
자적自適하게 자리한 부처님 집
장엄한 그늘에 숙연해지며
전부터 오오래도록
한 자리에만 앉아 있는 석불
말은 없어도
눈빛으론 불법을 설 하고 있어
감로수
그침 없이 흘러 떨어지고
풍진에 찌든 망령들
번뇌 망상으로 얼룩진 군상들
모두 씻어 버리는 목탁소리
자비심이 허공을 메아리 치고
스님의 자비한 독경 소리가
오염된 육신을 후련히 씻어주니
마음을 닦는 깨달음
얼추 짐작으론 알겠노라

청풍淸風

밝은 달님이 언제고
아끼고 그리워하는
사분사분한 맑은 바람

얼굴에 싱그레 웃고 지날 제
야취野趣를 느끼며 눈감아본다

골짜기 졸졸졸
맑은 바람 속에 빠져들어 꿈꾸고

새들의 짖는 소리 세레나데 같아
청풍에 흐윅하니
청정무애가 예로구나

송죽바람 조용히 눈 감아 안고
지긋이 명월을 아련하면

청풍이 시샘하며 붉히는 눈
청풍과 명월이 한 집에 거하니
촘촘한 사이가 아니련가

양춘의 언덕

숨도 죽여 고요한 아침 언덕에
해맑은 산새 소리 아주 정겨워

꽃향기 요요히 노래 부르며
화창한 바람소리 낭랑히 춤추고

따뜻한 향기 그늘 속에
봄은 흐드러지게 익어간다

두견화 만공산이 삼라를 뒤덮고
양춘의 주인공 된 듯

꽃동산 향기 머얼리 뿜더니
나비 벌 선점을 사양치 않네

건너 뚝방 자홍 꽃 활짝 피어
수미 다툼질하다 지쳐 버리니

아서라
가는 봄 섧다 말고
저물도록 즐거워 웃음으로 맞아주렴

양지의 꿈

훈풍에 햇볕을 앞세워
따뜻한 난기 들에도 산에도

앵화가 반가워 붉은 볼 터치고
싱그러운 향내 황홀스러워

두견화 만공산 하니
어릴 적 꿈 냄새 슬그머니 떠올라

아지랑이 아련 속에
봄바람이 생생하고

가지마다 꽃 피고 화사하자
먼저 본 접이 얽히어 새롭구나

우아한 자홍 꽃 향에 취하여
세고의 얽힌 설음 묻어두고
희망이 솟는 꿈을 꾸면서

춘정 春情

쨍쨍한 햇살이 웃어주며
바람마저도 훈훈히 가슴을 파고들어

담 밑에 양지쪽에는
검둥이 새끼 두 마리 서로
물고 뜯는 온 정이 듬뿍하여라

수놈까지 한 마리
암놈 몹시도 칭얼대며 꼬시더니

나무 삭쟁이 물어날러
미루나무 삼거리에 집 짓고
한 살림 신방 차렸어라

참새도 늦을새라
추녀 끝 처마 밑에 전세 집 얻어
알 낳고 품어 까더니
아들 형제 딸 하나 삼남매를
있는 정성 다 하여 키워내더라

희망의 샘터

서산에 노을저 적막이 내리고
벌레소리 부진하여 을씨년스러워
휘영청 밝은 달빛 내 마음을 씻어주고
꽃 시절에 목련꽃 활짝 피어
마음을 달래주네
동산에 아침 햇살 희망 싣고
떠받쳐 오르며 모두의 손길이 정다워
솟구치는 마음에 꿈이 생기고
무거운 마음 추스르며
새로운 발걸음 한발 한발 딛고 나르니
살이 물고 웅비 약진하면
어두운 마음속에 꽃이 피고
쓸쓸하고 외로워도 낙랑으로 씻어주니
달빛 속에 사랑 찾고 별빛 속에 빛을 찾아
즐겁게 웃어주면 모두가 내 것인 것을
창조하며 기품 일고
희망의 샘을 찾아 남아돌면
서광의 꿈이 찾아드는 것을

고목에도 꽃이 피네

꽃 봄 온지가 어제 같건만
매화향기 아직도 내 가슴에 포근한데
어찌 세월은 속절없이 도망가듯 하느뇨

꿈에 보았던 고목에 꽃 피고 잎이 났어
강위에 안개도 벗어나니
아침 해 떠오르며 그늘에도 볕이 든다오

밝은 달도 웃으며 문틈으로 숨어드는데
가향의 향기 진동하는 오삼공댁
행복의 지광 자리 꽃이 만발했어

솔 그늘 속에 바람소리
낭랑하게 흐르고
삼복 염서에도 한 줄기 바람 시원하며

화원의 모란 꽃 예쁘다더니 시들고
황혼 속의 맴돌던 꽃들 중
고결하고 순결한 가향 꽃이 으뜸이라오

연인의 정열

고운 꽃은 향기도 부드럽고
훈풍에 느낌도 아름다우며
알알이 투명하여
달 속에 영롱한 이슬처럼
초롱초롱 나는 빛 반딧불 같아

파고드는 향내에 도취되며
사르사르 봄눈이 녹고
언짢은 심정으로 다가서도
한 끝 없이 바다처럼 넓은 자혜심
수평선 속에 서광이 비치네

눈감고 올려보며
새 웃음 짓고
내려보며 학의 미소 지으니
사랑의 샘이 솟는 멜로디가
희열의 꿈을 꾸면서

〈사물놀이〉

(70cm x 135cm)

만춘滿春

봄바람 수면 위를 스치고
봄 가득 꽃피어
날리는 향기 속에 익어가는 봄

나비 벌 서로 엉켜날라
처녀 꽃 입 맞추기 바쁘고

꾀꼬리 낭랑히 우는 저 소리
사랑 찾아 애간장이 녹는구나

동산 언덕자락에 핀 창 꽃
만개한 홍화 향기 속에 빠져드니
정든 님 품속에 안긴 듯

꿈속에 헤엄치다 깨어보니
꽃그늘 기울어지고

가는 봄 아쉬운 마음
애절히 섭섭하여
새벽달이 차갑구나

생의 애착

생이란 소중함을 잊은 채
날이면 날마다 덧없는 세월 속에
세고가 버겁구나

그래도
편안히 살고 싶은 욕망
가슴 속에 부둥켜 안고

마음 속 이는 번민
끊기도 쉽지 않으니
속 태우는 번뇌 망상들

이 모두 누를 길 바이 없으니
얄궂은 인생살이
알 듯 말 듯 모르겠네

웃고 울다 돌아보니
희비애락 안개 속에
숨어 가버리고

어언 듯 백발이 성성해도
남은여생 멋지게
희망의 꿈을 꾸며 가리라

꿈속의 메아리

청산 속에 내 집은 초당이고
꽃 속에 몸은 묻혀있어
풍우가 요란해도 걱정이 없고
일월이 주야가 바뀌어도 근심 없노라
선의 즐거움 가득한 유곡
아름다운 자연 속에서
꿈의 향기 넘쳐흐르고
매화 향기 은은하게 동하니
건너편 골짜기 잔설이
힘없이 숨어버리며
설한풍을 이겨낸 노송
굳은 절개 군자의 기상이고
학의 머리 길게 기지개 피니
골짜기에는 봄기운이 완연하다
두견화 송이송이 몽우리 지고
연지에 빠진 조각 달 봄기운이
그리도 좋은지 일그러질 줄 모르고
꿈속으로 빠져드네

마음의 별

사계절 중 꽃피는 봄이 으뜸이면
인생의 소원 중 건강이 제일이오

화목한 향기 효자의 집에 먼저 찾아들고
봄빛은 선한 집에 먼저 오신다네

청송은 늘 푸르러 군자의 기상이고
대죽은 사철 변치 않아
숙녀의 절개이니

어찌 정신의 등불을
사모하지 않으리

좋은 벗 얻는다면
밝은 달덩이 품어 안은 듯 흐뭇하고

정다운 임 맞으면
예쁜 꽃향기 속에 고이 잠들 듯
어이 마음의 별로 삼지 않으리

제6부

고독의 그림자

〈고독의 그림자〉

(70cm x 70cm)

〈부귀영화〉

(70cm x 70cm)

가슴 아프게

허무하게 고사되는 가을 꽃
낙엽 바람 한 시절이 서글프고

가을벌레 소리 그쳐 갈 제
님 소식 더욱 애를 긋는다

혼자 우는 갈 까마귀 무슨 사연 있어
아마도 부부간 격렬했나봐

쇠진해 지는 석양 볕
노을져 내릴 제 허전한 그 마음

밭일 마치고 돌아가는 노부부
무거운 발걸음 마음이 아파

가을 밤 달 없어 쓸쓸한데
기러기소리 마음에 애절하구나

자지 않고 울어대는 귀뚜리 처녀야
어이 슬퍼 울기만 하느냐

무거운 마음

풍강에 눈 돌리니
성난 파도 굽이쳐 흐르고
굽어굽어 어슬한 달빛 마져
마음이 무겁구나

노 젓는 선원의 뱃노래
세파에 시달린 듯
달빛에 눈물이 젖어 흐르고
외로운 이 밤이
적적하게 깊어간다

소쩍새 홀로
이 아닌 밤에
슬피 울어 할 제
누구의 영혼인지 알 길 없지만
마음이 무겁게 조여드네

슬픈 생각

저미는 걸래 구름
奇峰기봉의 눈치 살피며
엉거주춤 내려 앉아
외로워 머뭇머뭇 좌정 못하고

바람 탓에 이루지 못하는 잠
단풍잎 애태우며 우는 소리
속앓이 할 제
낙엽지는 이별의 순간들
너무 애애스러워

서쪽 하늘 홍일천)紅一天 하고 고요한데
부용꽃 따는 아가씨
모습이 보이지 않아
어이 아니 이 순간이
슬프지 않느냐

가는 봄

여기 저기도 어느 곳에도
온누리가 천자 만홍 꽃인데

낙화 풍에 못견디고 가는 꽃
안타깝고 너무도 서글프다

오묘하고 화려하던 강산인데
행복의 꿈마차 훔치는 야속한 세월아

청춘의 꽃봄
번개불에 콩 볶아 먹고

떨어지는 석양 볕
노을이 재촉하여 사라져 버리고

화정 속에 취한 몸 어찌 하고
이제사 부질없는 넋두리

어이도 달려 가는 세월아
정만 주고 몰라라 가는 봄 처연悽然하구려

외로운 길

춘풍의 꽃 춤추다
우레 바람에 낙화되듯
인생도 희로애락 둘치며
황홀하게 연기하다
꽃향기 같이 사라지고

도련님 하고 부를적엔
향도 짙고 꿈도 컸는데
얄망궂은 세파 속에 이치다가
안개 꽃 되어
덧없이 흘러간 외로운 길

머리엔 흰 서리 내려앉고
구름 끼어 고을 지니 이제는
야속한 인생길 아쉬워
단풍이 고엽 되어 낙엽 되듯
석별의 손 쓸쓸히 흔들면서

무정한 바람

요동치는 바람아
네 고향이 어듸메뇨
언제 왔다가 어느새 사라져
말없이 왔다 정 없이 가는 바람

잔바람 불적엔 예쁜이 같고
미울 때는 춤추는 무당의 여식
무작정 나대는 선머슴처럼
신호등이 없다고 제멋대로구나
고울 땐 아라비아 공주같어

부를 때는 오지 않다가
막을 적엔 심술 굳게 몰아쳐 찾아오니

명함 안주니 주소 성명 모르고
전화번호도 부지不知하니

초청 할 길 바이 없어
길들이기 매우 어려워라

빗소리

조용한 이슬비 소리
떠나간 님 그리워지고
허전한 마음 빈대떡이 출출해

순수한 가랑비 소리
몹시 가물다 내리니
마음의 병 씻은 듯 맑아져

쓸쓸히 줄기 찬 비 소리
꽃도 입 다물고 잠자고
벌 나비 문 닫고 장기휴가 떠났지

쏟아지는 소낙비 소리
밭일하던 할망구 쪼르르
몸에 붙은 베적삼 생쥐 같아 우스워

억수로 퍼붓는 장대비소리
불안한 온갖 생명체 마음
안절부절 공포심에 두려워

가을의 애수

경운기의 굉음에와
소키장음소리 지친듯
군하여 고들되고
빨래가고 이왔소리
소를 우들사 가을촌을
사정원리깃을되 찾아들처
살아 ...

고독의 그림자

눈 덮인 고사목에 산 까치 외로워
먼 산 응시에 기척이 없고

버들 찬바람에 겨울가지
쓸쓸히 아느작거리며

혹렬한 설한풍
사정없이 노송에 몰아쳐

백화 송이 설향이 외롭고
새끼 학 다리 들고 어미 찾아 울며

점점 멀어져가는 간수 소리
달빛 차갑게 흔들며

종소리 야밤에 은은하니
내 마음 흔들어 외적한데

어쩌나 초가집 외로운 노옹이
차 주전자 끼고 사립문 들어선다

흔적

발자취가 어지럽힌 백사장
유객들은 간 곳 없고

백구 몇 수만 간간히
올랐다 어느새 낮게 날고
흔적들만 혼란스러워

걸어온 인생길 뒤돌아보니
흔적들은 저미하게 가물가물
아득도 한데

험한 길 굽이굽이 돌아보니
흰 구름 같이 허전한 몽상이고

모래밭 다시 걸어
흔적 남기고 싶으나

이제는 고비늙어
발자취 남길 여력 없으니
긴 한숨만 들어 마시네

비추悲秋

나뭇잎 고사병枯死病에 신음하는데 사람들은
그리도 용하고 아름답다고
단풍잎 예쁘다 즐기며 춤을 춰서야

강물은 가을 풍에 지쳐
고개 떨구고 맥없이 흐르니
보는 이 마음 서글퍼

풀 속에 우는 벌레소리
떠나가는 가을이 아쉬워
조용히 울다 그치고 다시 울어 슬프구나

석양볕은 노을 속에 잠기고
땅거미 내리는데 백학 한 마리
긴 목 빼고 외로이 홰를 친다

그믐달이 스산한데
달빛 속에 나뭇잎 하나 앙상하게 외로워
쓸쓸한 바람에 떨어질까 젖어라

석별惜別

성긴 울에 걸러 핀 홍도 꽃
좀 더 오래 보고파 나홀로

떨어진 꽃잎 바람에 두둥실
뉘 집으로 가는지 굴러가는데

명년에 다시 피는 꽃
이 얼굴은 아니려니

송죽이 꺾어져 땔나무 되어도
굳은 절개는 영원하리

삼춘三春의 얼룩진 꽃동산
낙화될 제 애석한 마음 흘러

청아로운 꽃봄의 석별한 정
덧없는 세월이 야속하구려

애수哀愁

깊어가는 가을 언덕
우수수 낙엽 마음 흔들어
함묵으로 내려앉는 노을 속에
샛강에 떠 있는 비정한 어부 노옹
힘이겨워 보인다

익어가는 황엽 색
벽암산에 둥근 달 적요한데
어서가자 울어대니
짙어지는 가을 색이 애연哀然스러워

외로운 새벽달
솔잎사이 흐를 제 침울하고
좀 더 견디지 못하는 단풍잎
슬픈 마음 애수에 젖어 오래도록

〈무릉도원〉

청산리 벽계수야 수이감을 자랑마라

(70cm x 180cm)

쓸쓸한 밤

괴로움에 지친 몸
잠들다 절벽에 매달린 듯
불안한 마음 가득하여
뒤척여도
멀리 가버린 잠 쓸쓸한 밤이 길구나

서쪽으로 일그러진 초승달
허공에 달린 채
풍상에 찌드른 듯
어슴푸레하니 찾는 이 없어
쓸쓸 고독해보이고

말없이 떠나가신 님
소식은 영영 없고 밤은 길기만한데
갈대 잎 소리 울어대니
얼룩진 마음
새벽바람에 더욱 쓸쓸하구나

눈물

젊어서 태산준령도 삼킬 듯
용기 충천하고 한 주먹인데
의지 강했던 그 시절에는
실패해서 빈손에도
눈물은 없었는데

마음이 여리었는지 늙었는지
TV연속극 슬픈 장면에
가련한 생각 휘몰아쳐 어이할고
나도 모르는 사이
동정의 눈물이 질금질금

덧없는 세월 속에
구름 지고 의지 약하니
남의 일에도 동정의 불꽃일고

서글픈 노루老淚가
기력이 소진되었나
옷소매를 적시네

낭만의 시절

손가락 빨던 그 옛날
밥숟가락 놓기 바뻐

만만하던 태준이 불러
딱지치기 구슬치기
따먹던 환락의 여정은 사라지고

지금은 그 동무 어데로 가고
구슬치기 누구와 하나

혼자만의 외로운 심사
다시 올 수 없는 그 시절이
새록새록 한숨 속에 안타까워

훔쳐먹던 북어대가리
가시걸려 들통나 야단맞었지

철없던 행복한 나날들
꿈에서라도 보았으면
낭만의 그 시절 몹시 그리워

오리무중

꽃도 있고 술도 있건만
정 하나 없어 언제고 쓸쓸 외로워
바다 건너 아름다운 나라
바라만 보면서

해 없이 싱싱하게 살아가는 가솔들
요동치고 뻗어 가련만
희미한 불빛 속에 불안한 마음
가물가물 오리무중이니
바람소리 한스러워 귀를 스치네

애틋한 사연 얽히설키어
썩은 뿌리 마음 속 깊이 박혀
닫은 마음 열 길 없어 열리지 않고
기인 긴 한숨 첩첩이 쌓이니
촛불이 점점 꺼져가고 있어라

지게꾼 탄식

인생사 어정어정
어이 살다이리 팔자가 기구해
지게꾼 사장 되었어라
명함은 없다마는
사장님하고
불러주는 사람하나 없고
지게꾼도 아니고
그냥 "어이 지게"로 통한다
그래도
불러주면 그리 고마워
듣기 좋은 그 목소리 대답이 크다
멀리서도 잘 들려
새벽 별 보며 나갈 제
희망찬 내 사랑인데
밤 달 보며 빈손일제
서글픈 한 숨
여보는 눈에 어리고
자식이 발에 밟힌다네

애哀장국

홍이 철철 나는 술 한 잔
정한 양 없고 법도 없어
마시자 부어라 내 세상인데
정신이 알딸딸이면
몸 가누기 딱인데

한잔 만 더 가
빈 술병 줄을 선다
꼴깍 꼴깍 마시다 보니
정신은 어디로 버리고
몸만 앉아 코를 곤다

북어 패는 방망이 두 동강 나고
매맞는 북어 고통의 눈물이여
마음 착잡 긴 한숨 속에
아내의 애哀장국이
부글부글 끓는다

〈관인후덕〉

관대하고 인자하면 그 덕이 두터워져서 존경을 받게 된다.

(35cm x 135cm)

〈불의부종〉

옳지 않은 일에는 절대로 쫓아가지 않는다.

(35cm x 135cm)

땅고집

타고난 성품이 거기거늘
먹은 마음 줄기차고 변함없어

지혜 아득히 모자라
자존심 풀기가 너무 어려워

불의불구하고 내 뻗어본다
온고집이 어떠히 생겼는지
나도 가늠조차 어려워

모질기가 억세니
삼년 묻어도 개꼬리 황모 안 되는데
하여간 고쳐먹기 어려운 고집

애초부터 나슬나슬 고쳐 생기면
신진대사 잘 될 터 인데

고집 부리다 매사 잘못 망가지면
쓰고 매워 얼떨떨하여도
그래도 아는 길 따라 고집을 부려본다

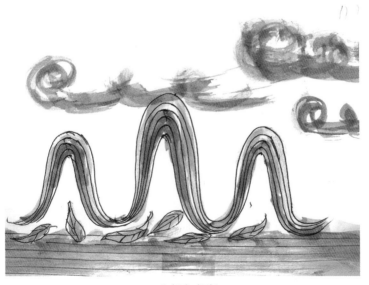

〈낙엽바람〉

(70cm x 70cm)

〈기룡관세음보살〉

(70cm x 180cm)

명철보신明哲保身

보답을 바라서라면
베풀지말고
속보이면 잡았던 매도 놓치고
좋은 일 하고도 뺨 맞으면
솟치는 서러움 어이 할라고

한 번 주었으면
미련 멀리 버리고
후회도 하지 말고 아쉬워마라
흐들하게 하는 마음이라면
천년 학이 되리라

일을 당하기 앞서
여유있게 허실을 능히 알고
명철보신明哲保身하면
밀려드는 밀물을
능숙히 막아 낼 수 있으니

윤리의 도

여남칠세 되거든
한 자리 못 앉게 하라는 충언

삼천년 전에
공자의 철학이어라

내 것 아니고 분명히 네 것이라면
어찌 남의 것이 더 좋다냐

넘보며 손목 잡지 마라
성희롱 죄 못 면하고 얼굴 묻고 살리라

임자 있는 여인 보는 이 없다고
훔치려 하지 마라

물리면 그 상처 아물지 못하고
평생토록 흉 되어 울며 살게 되는 것을

소담한 꽃은 그대로 두고
강샘 말고 보아야 아름다워

허상虛想

산이 좋아서
무념무상으로 산을 바라보며
장비도 준비도 갖추지 않고
그저 뒤따라 아무런 생각 없이
환락으로 흐르는 충동이 미려해

야심의 나래 펼쳐
정복하여 칭찬 받으려는
욕심이 싹트고 마음이 허탄하게 되니
땅만 보고 뒤 따라 오며
비지땀이 등산복을 휘 감는다

처지기는 너무 싫고
힘들어도 아닌 척 억지로 내는 힘
부푼 허세로 욕심이 지나쳐
삭은 외목다리 건너 듯 불안스럽고
허망의 불꽃 속을 들여다 보면서

고종 황제께서 배재학당에 내리신 글

나는 즉 만족을 안다

〈오유지족〉

(40cmx 40cm)

〈욕위대자당위인역〉

큰 인물이 되고저 하면

사람을 잘 부려야 하느니

(40cm x 135cm)

목련 꽃

따뜻한 꽃바람
살랑살랑 나부대더니
마당 한 구석에 우뚝한 목련
꽃봉오리 어제 보이더니
어느새 시샘하며 터치고 다가서네

가지 흔들어
꽃향기 넘쳐 넘쳐
초청장 안 보냈는데
어이 알고 먼저 찾아온 벌식이
입맞추고 이내 사라지네

원망스러운 비바람
사정 없이 꽃잎 휩쓸어가니
절이하는 마음
어이하라고
애타는 속마음 화만 치밀어

그믐달

그믐이 먹다 버린 달 보며
몰아 나오는 한숨 짙고
볼수록 아리송히 구겨진 얼굴
쾌청하지 못하고 껄끄러운 정
덩달아 무거워지는 이 마음 몹시 애달파

달 보고 물어봐도
대답 없이 시무룩하니
무슨 사연 있길래
저리도 묵묵하게 슬퍼할까

슬프다 마라
너는 다시 유전하여 만월 되지만
덧 없는 인생 길
한 번 떨어지면 다시는
못 올라오는 저승 길 이라네

낙화바람

봄 언덕자락에 화창한 꽃동산
어우러진 천자만홍 서로 잠깐 화열하더니

비바람 못 견디고 몰락된 꽃잎
어데로 가나 물끄러미 보면서

꽃 봄 온지 얼마 된다고
아뿔사 햇님 곁눈질 흘기며

뭉게구름 뭉게 뭉게 피어올라
눈치보며 옮겨 가고

쫓기듯 청춘의 봄 눈물 떨구며
머얼리 사라져 가는구나

가시 칼로 막아도
속절없이 빨리도 가는 것을

꽃 지는 봄 자취 서러워
추억 속에 고이 담고 싶어라

자포자기 自暴自棄

자포하는 자
불만이 많고 함부로 말하며
어진 것을 적대시 하니

아서라 통하지 않는다
자리 같이 할 수 없고

자신을 버리는 이
전도를 파괴하며
스스로 자신을 불신하면

희망의 빛을 잃어
용렬한 자 됨을 면키 어려워

올바른 성의를 거부하는데
자존심만 높아 허세에 능통하고

될대로 되어라 맥을 놓고 포기하는 자
역량을 상실한 감정의 노예가
자포자기라 하더이다

노을의 그림자

노을 깊어진 숲 속 조용하고
가을의 낭만이 젖어 흐르며

어쩌면 황홀하게 붉어진 노을
한 폭의 신선 노을도라

연당에 연 향기 가득하고
청량한 물결 노을빛이 그윽한데

황혼 속을 울고 가는 저 새끼학 소리
창 밑에 소야곡이 아닐는지

하늘 높이 떠가는 줄 기러기는
누굴 찾아 조아리며 울며 지나갈까

뉘엿뉘엿 황혼의 구름 속을
슬피도 울어대는 그 마음 알 길 없어라

어허 덧없이 흘러간 내 생애도
어이 살아왔는지 모르면서

기러기 울고 가는 탓을 어찌
황혼의 그림자로 쓸쓸하게 지는 것을

가을의 여신

단풍잎은 고사되어 생기 잃고
낙엽바람 으스스 굴러갈 제
옷소매 한기가 숨어들고

정열의 국화 꽃
서리를 능멸하니
가을의 여신이어라

국향이 만정하고
한 잔의 커피 향이 어우러져
구월의 하모니다워

탐스러운 국화 송이송이
내 마음 사로잡아 흔드니
가을의 여신으로 엄지가 올라간다

깊은 향기 날릴 제
가을의 주인공 멋이 찰찰
오래 전에 애화로 삼았어라

낙엽바람

타는 듯 익어가는 가을 빛
어쩌면 그리도 수려한가 했건만
스산한 나뭇가지 볼수록
연민의 정이 서려
애긍한 마음 굳어가고

들국화야 너의 미려한 향기
혼자보기 너무 예뻐
마음에 일품인데
얼마나 길게 웃고 계실지
국화잎 낙엽 될까 저어한 마음 어이할고

맑고 높은 하늘 쾌청하며
붉어진 가을 곱다하였거늘
어느새
낙엽이 한잎 두잎 슬픔주고
가랑잎 쓸쓸이 굴러가는 것을

고苦와 난難

세고냐 세난이냐
지칠대로 지쳐 얼룩진 신심

호언장담의 희망 빛을 찾아
뛰며 달려도 보이지 않는 그림자
희망봉은 어디뫼뇨

찌드른 마음 추스르려고
앉아도 보고 서서 보아도

불운한 구름 속이여
안절부절 아무리 조아려도
희망 빛 찾기 어려워라

근심 걱정 강물에 띄워도 흘러가지 않고
고난을 팔자에 두고
불운이 운명이라기는

어일싸 안타까운 연민의 정이
너무너무 서러워

적야寂夜

지지고 볶던 촉새도
슬그머니 사라지니 너무 조용해

공허한 마음 가득히
호젓하게 밤은 깊어져간다

은은히 들려오는
불사의 종소리 여운이 외로워

슬픈 이 마음은
어둠 속으로 빠져들고

청해도 눈치보며 오지 않는 잠
야속하기만 하고

시름 속을 헤매어
외로운 마음 솟구쳐가는데

창 틈으로 들어 온 달님이
눈 웃음 주고 슬금히 사라져가네

낙화인생

만화방초 꽃동산아
단 꿈 이루어 보렸드니
헛난 비바람에 지는 꽃잎
호 시절이 너무도 짧아
어이아니 섧을까

야속타 떼바람아
한잎 두잎 훔쳐갈 제
초로같은 인생
마음에 상처 되어
어이 아니 섧을가

맥없이 떨어지는 꽃잎
그 향기 내 마음 속에 숨어들어
한 때 나마 연가를 드높이더니

인생도
덧없는 세월 속에 낙화되니
어이 아니 섧을까

일촉즉발

이웃집 아슬아슬한 살림살이
영 넘어 산이고 물 건너 강이로다
목구멍에 풀칠이 어려운데
한 푼 생기면
마누라는 외상 값 챙기기
밀린 이자 무엇으로 어떻게
아들은 졸리는 학원비 타령
내일이면
전기 끊는다는 독촉 통고 두 번 째
할망구 삿대질 두 달 밀린 월세 내라고
불똥이 뜨겁게 튄다
차는 기름이 바닥났으니
어이할고
농구화 뚫린 구멍으로 손가락 넣고
허탈감에 웃는 아저씨
한치도 나갈 틈이 없는데
그래도 웃고 있으니
어허 웃으면 복이 온다기에

유신維新

유신의 허울을

우
신

비운悲雲

하염없이 고개 돌려
가는 구름 볼수록 서운해
헤어졌다 이어지고 다시 떨어져

쾌락은 오다 가버리고
슬픔의 눈을 감아본다

해는 저물어 서산을 넘어가고
연기 서린 초막엔
연내만이 자욱 오리무중인데

멀리 들리는 목탁소리에
탈속하려 노송은 기도하고

달은 구름 속으로 들어 고요한 밤
산골은 적막에 잠들고
마음 무거우니 심사가 흔들리며

세월이 덧없이 가니 인생도
구름인양 길 찾아 속절없이 흘러간다

황혼黃昏길

어제 다르고
오늘 다르니
또 내일은 어이 될고

마로니에 적종 꽂은
마롱으로 되어 다시 싹이 나건만

황혼은 예고 없이 찾아들어
가시 칼로 막아도 소용 없는 넋두리

명산대천에 생겨나서
물따라 바람따라
많은 구경 골 잡아 하였으니

이제 그만 갈 길 찾아 정돈 하고
돌아가야 하지 않겠나

말없이 지켜만 보던
노송 한 그루

풍담으로 반야를 일러주니
그곳을 물어물어 찾아 가야지

쓸쓸한 가을바람

땅거미 어둑어둑 다가오고
황엽이 산에 짙어지는데
풀잎에 바람 쓸쓸하고

동천은 연화로 가득하며
두렁에 앉아 담배 질 하는 촌옹
농촌의 힘든 고를 띄었구나

효양산 유곡에도
곱던 단풍잎 고사되어가고
이끼 덮인 간수 소리 끊어져 가는데

산정에 앉은 백운은 갈 줄 모르고
시드는 풀잎 속에 벌레소리
짧게 울어

고사목에 외롭게 앉아
떨며 우는 소쩍새
못 잊는 님 생각에 애열하며 우누나

심서心緒

창 넘어 밖을 보니
원색이 온누리에 낙랑하고

수목이 깊은 곳에
그림자 무겁구나

고요한 적막이 흐르는 뜰에
아기는 잠들어가고

향수의 정이
가슴 깊이 숨어들어 애를 태운다

지나온 생애를 더듬어
그리운 옛 정이 새록새록 일어나니

어지러운 심서를 달래며
눈을 조용히 감아본다

달빛은 예와 같고
봄바람 변함 없이 꽃피우는데

이 몸의 늙은 가지에는 언제쯤
늙은 꽃이라도 피어주려나

〈목단 (행복)〉

(70cm x 135cm)

환절黃節의 여운餘韻

뒷동산에도 앞뜰에도
익어가는 가을 색 두텁고

잔잔히 파도치는 금물결
넌지시 바라보는 촌노의 상념

찌들었던 마음 가득 부풀어
풍년가 절로 흥얼흥얼

선선한 가을바람 눈앞에 와있어
가을걷이 눈코 뜰 새 없는 가을철이라

노을 속으로 석양볕 떨어질 제
새끼 학이 제 집 찾아 홰를 서두르고

들국화 가을 향기 바람이 업어가니
애잔한 마음 뭉게구름 속으로
조용히 숨어드는구나

제8부

향기의 정

〈향기의 정〉

(70cm x 70cm)

〈동심同心〉

(70cm x 135cm)

바람 부는대로

영화의 꿈이 그리워서
고행을 마다 않고 달음질 치고
심신을 토닥거리며 외길 인생
어느덧 석양이 노을지는데

명산 고을 찾아 헤멘 세월
어수선하게 흘러갔네

흑백이 가려진들
얻는 소용 무엇하노

세상사 모른 척 덮어두고
바보 같이 눈감고 귀를 막아

청산은 아들 삼고 유수는 딸 같이
회포를 달래면서

바람부는 대로
모른 척 따르면 심신이 즐거운 것을

무욕대안하면
천수를 편안히 안거하리

향기의 정

많은 꽃 가버리니 마음의 심기가
허탈한 심정
가을국화 늦어드니
너만은 분명코 예쁜 꽃 되어
고운 향 화기 연연 하여라

양지쪽 울 밑에 꿋꿋하고
다소곳하며 순결한 금 국화
탐스럽게 향기 뿜어
서리를 능멸 할 제
굳센 절개 더 곱게 보이고

구월의 주인공 황국이여
청초한 그 향기
깊은 뜻 사로잡으니
태청하여 마음이 끌리는 정
오래 오래 수하여 내님 되어주렴

코스모스

언제 보아도
수줍어 웃고만 서 있어
고개 들지 못하는 겸손
아침에도 저녁에도 미풍에
나부대는 예쁜 처녀 모습

교양 넘쳐흐르고
몸가짐이 청초하며
키다리 처녀 맵시가
너무 너무 햇볕 속에 섹시해

살랑바람 춤 출 때
수그린 얼굴
끝내 들지 못 하고
지긋이 웃어 곁눈질 할 때
이 마음을 몽땅 훔쳐 가네

반야심경 260자를 불자로 만들어 씀

반야심경 260자로   〈불자〉
佛자를 만들어 쓴 것   (40cm x 135cm)
　　(40cm x 135cm)

산수화

화선지 위에 붓이 올라 앉아
마음의 길을 따라서
높고 낮고 멀고 가까운 산을 운필하며
원근감이 흐리고 진하게 설계되어
구도 자리를 잡아 간다

산을 성토 하면서
나무심고 바위를 돌출 나게
초가집 지어 놓고 울타리 나무를 심고
나무꾼 나무집 무거워지고 뛰면서
징검 돌다리 집 찾아 재촉 한다

굽은 노송 몇 그루 학이 놀고 있고
시냇물 흘러 떨어져 굽이치게 손질하고
곡식이 자라는 전답 장만 하면서
아침 안개 자욱이 뒤 덮으면
걸작의 산수화가 어우러지게 그려져

춘광春光

솔폭위에 앉은 뻐꾸기
님이 그리워
사랑노래 부르다 잠이 들고

쌍마 꼴 골짜기 가득 핀
두견화 동산
어쩌면 그리도 불타느뇨

연분홍 꽃 잎
달빛에 은은히 젖어 흐르며
예쁘게 풍기는 열정의 향기 뜨거워

나비 한 쌍 손잡고
금실이 너무 좋아
꽃 속에 묻혀 봄 타령 하다 해지니

새벽별 찬바람에
영롱한 이슬방울
초롱초롱이 봄철의 빛이 되리

봄소식

멀리서 찾아오는 봄의 향기
아직은 이르건만
매화 동백이 몹시 바쁘다고
설레발 치고 시샘하더니
꽃 몽우리 흔들어 보이네

흐르는 물소리 아직 차가워
봄은 한참 꿈 중인데
아지랑이 덮어 쓰고 자는 봄
들춰 깨워 손잡고
양춘을 바라보며 노래 부르고

싱숭생숭 흔들리는 꽃 마음
색동옷 입고 오는 봄 환영하기에
어수선하여 눈 감으니
차 한 잔 그리워
봄 향기 속에 커피 향이 진하구나

후회는 없다

오늘에서 하루 왼히 밝었으라
어어렛 거즘사의여
평생을죽두 빨간으자 엉얼의나
가슬의 얼과괴 되어죽고
서화어 뿌리길의 약천
춘경의 앗시 되었으며
지광이되어 앗을뵀형이며
상응의 서이자와
거와층의 골을써워
후회도하지 않어
지낭박으엇엉어 하였고
옹쳐회 고에어가도
팔십고개 넘어들었어
후회본었다

양지 언덕

봄 언덕 양지쪽에 냉이 씀바귀 나고
야생초도 파릇파릇 산들바람 춤추며

뭉게구름 피어올라
처녀마음인 듯 몽실몽실 부풀고

고기 배 고동 소리 크게 울리니
찌들은 어부의 아내 웃어 춤추고

따뜻한 햇볕 속에 싱그럽게
달라지는 샛동 꽃 애교의 눈 웃음

버들 가지 움터 넘늘거리니
산들 바람에 향내가 멋을 부린다

내 뚝의 호들기 소리
아지랑이 타고 봄을 달리고

아낙네 모여 남은 빨래터
귀속 얘기 배꼽쥐고 봄을 즐기네

하운다기봉夏雲多奇峰

땀 흘러 내릴 때
상쾌하게 불어주는 그 바람
청량한 맛이 봉우리 스처가고

정자나무 그늘 밑에 자리 누워
다기봉에 남은 구름 바라보니
절경이 따로 없네

제 멋대로 생겨나 미모를 떨치고
우쭐대는 뾰죽 봉우리
오오래 볼수록 마음이 끌려 든다

하운이 지나다 쉴 자리 맘에들어
봉봉따라 사리고 쉬었다가
뭉게뭉게 피어오를 제

선경 속에 시원한 그 멋이
홍진 고열 없애버리고
눈감고 사색에 잠겨 보네

춘사春思

울타리 옆 한 구석에
도화 꽃이 가득 피어
꽃 동산 인데
처녀 꽃에 홀린 숫벌
네집 내집 분가 조차 어려워

우아한 처녀 꽃
정열의 한기 품어 수줍어 웃고
개나리 노랑 빛 눈치 줄 제
사내 벌 얼떨떨 앞뒤를 분별 못하니
속내를 모르겠네

구름 같이 피어나는 꽃 송이
향기 시샘하다
가지 흔드는 바람 미워하고
눈 흘겨도
이네 꽃송이 훔쳐 사라지네

〈지리산 뱀사골 풍경〉

(40cm x 70cm)

봄의 향수

어제 밤이 새도록
자우가 촉촉이 내리더니
들꽃 웃어 미향에 젖어들어

십리 장제에
들꽃 향기 새롭고
이따금 조용히
실바람 불어 올 제
꽃향기 아느작 거리고

풀냄새 향긋이 퍼져오니
마음의 고향 언덕에 새롭구나

호들기 소리가 정답게
귀를 스쳐 갈 제
어린 시절 추억이 그려져
고요하던 이 마음
설레어 물결치듯 출렁이네

농촌의 감미

힘 들고 땀은 흘러도
바람 시원하고 여유로운 마음
속박을 벗어난 듯
자적 하며 하루가 편안하고
이런저런 생각하며 천천히 사는 재미

흙을 처들고 솟아 나온 애기 싹
볼수록 앙증스럽고 웃고있어
환희의 용력이 솟아오르며
애호박 풍족해서 이웃 불러
주는 정 주는 재미 무엇으로 비할고

두터운 그늘 속에
돌베개 베고 단 꿈도 꾸고
흰 구름 불러내려
막걸리 한잔 같이 걸치고 소담하면서
꿈꾸다 손 흔들며 웃고 사라져

포곡조布穀鳥

벗꽃 향기 멀어지고
무거운 신록이 창창하니

향취가 싱그러워
마음 가득 청량하게 파고들어

간수 소리 졸졸졸
자연의 선율이 어우러져 향기 더하고

뻐꾹뻐꾹 우는 소리
슬퍼도 고을 잡아 은은하며

언제 들어도 님 그리워 우는 듯
시름에 잠긴 저 소리

무슨 사연 있길래
녹음 속에 숨어 울고 있을까

얽히고설킨 끝 없는 사연에
마음만 심히 무거워라

한몽閑夢

자두 알 풍성하게 붉어
뜰에 무겁게 늘어지고
바람도 더워 쉬어 가는데

채송화 한 나절에
벌 하나 아른 거린다

울적한 꿈은 사라지고
즐거운 마음 태청한데

옹달샘 방울져
낙수소리 귀를 맑게 하는구나

붉어 익은 보리수 알 보니
정열의 꿈이 솟구치고

시 달게 풍기는 향이 감미로워
마음을 사로잡네

향기 속에 젖어든 신심 송두리째
한가로운 무한락이 포옹을 하네

함박꽃 애수

뒤겻 울 밑에
곱게 핀 함박꽃 한그루
송이송이 탐스러운 정렬의 꽃

젊은 시절 다정하게
둘이서 좋아 만져보던 꽃
당신 생각 홀연히 난다

복스러워 복꽃이라 했지
뺨에 비빌 때 당신 꼭 닮았다 했던가
그때가 어렴풋이

이제는 나홀로
애련속에 복꽃을
어루어루 만지며

꽃향기에 빠져버렸던 그 옛날
당신의 마음을
혼자서 헤아리며 애수에 잠겨본다

고우故友

들꽃 향기 가슴속 파고들어
웃어 반기니 옛 친구 변함없고
냇가 언덕에 비끼어 느러진 버들가지
웃음 치며 부리는 애교마저도
옛 친구 변하지 않았구려

뒷동산 서려있는 옛정
곳 따라 낯설지 않고
인걸은 변하여 오고 갔지만
곳곳 마다 반겨주는 옛 친구들

소랑에
차가익어
풍겨나는 향기
설레는 마음 잠시 가누지 못해
차향기도 옛정이 그대로 서려있구려

석별惜別의 정

마음은 녹수청산에 묻혀 있고
춘풍향기 속에 몸담으니
삼춘의 정이 깊었는데

천홍 꽃 다 떨어져 가니
떠나려는 봄이 더 없이 야속타

꽃 보면 생기 돋고
의원 같은 새소리 포근했는데
떠나가니 마음에 병 오는 듯

별의 낙원인 꽃동산 무너지니
밝은 달도 일그러저 눈을 감는데

산 넘어 입하바람 산들산들
시원히 보듬어도
슬픈 이 마음 씻기 어려워

비통해 떨어지는 꽃잎 바라보며
애통한 마음 가득 조여 들어

아람밤톨

뒷동산에 돌려 남은 밤나무 몇 그루
제철 따라 꽃피어 벌이 엉기고
애기가시 송아지 무럭무럭 자라더니
선들 바람 속에 어느새
아람 밤이 토실토실 풍요로워

한 집 안에 복록이 많아
가운데 영의정 모시고
좌의정 우의정이 보라하며
삼정승을 가시 총으로 호위하고
떨치는 아람 밤의 호응이어라

아람밤톨 주울 제
흐뭇한 손맛 짜릿한 흥취 가득 감돌고
빈천에도 군밤타령 낭만이 있어
날씨 추워도 호호 불며
토속적인 회포가 그 속에 잠들어 가네

울리고 울리며

물속에 비친 달그림자
향기로워 내 마음 맑게 울리고

낭만의 꿈 싣고 흐르는 물소리
내 귀를 정답게 울리면서

가을빛은 절로절로
황색 따라 늘어 울리며

향원 속에 숨어 있는 회포
백운과 함께 펼쳐 울리니

소나무 즐거워 애기 바람 소리
그칠 줄 모르고 언제까지 울리려나

가지 사이 즐거워 새소리 이어지니
풍광 소리 마음을 맑게 울리며

유수는 심정을 아는 듯
신선같은 멜로디 섞어 울리네

바라옵건대

큰 전당에 몸담으신 영감님
즐거워 마시는 술 희락하겠지만
그 술잔에는
유권자 피땀 어린 애환이
무수히 서려있고
무심코 집어드는 진미의 맛
안주에는
억울한 백성의 한과 설움
마디마다 절절히
서려있다는 것을
세비 속에는 만백성의 어린 눈물
바라는 소망이 들어 있어
노래 소리 높은 곳에 원망의 소리 높으니
아쉬울 땐 손 내밀고
무궁화 꽃 받은 뒤 몰라라 해서야

제9부

회심의 눈물

〈회심의 눈물〉

(70cm x 70cm)

〈부귀다복〉

(70cm x 100cm)

과욕을 버려라

크고 작은 밥그릇
눈으로 재어보고 어느 것이 큰가
욕심 부리다 망신 턱에 걸려 넘어져
불쌍하고 가여운 자여
처세를 가벼이 보지마라
둔하고 어리석어
배부른 것 알면서도
욕심으로 과식하다
큰 병을 얻어
병원 신세 못 면할까 두려워
넘치는 것
모자르니만 못하고
자꾸자꾸 당기다 끊어져
못 쓰게 망가진다
언제쯤 욕심의 불꽃 꺼지려나

된서리

된 서리 한번 맞으니
맥없는 호박 넝쿨 축 늘어저
절규하는 신음소리
애끓는 고통 애처로워
가슴 아프게 메워지네

세월 따라 오다보니
내 머리에 내린 서리 모르고
남의 서리 걱정만 하고있어
애태우는 심정 들여다 보며
뒤안길이 서럽구려

엄마 젖 가슴 파고들 제
어제 같은데
덧없는 세월 무상 길이 화살이니
된서리 싫다 한들
소용없는 넋두리

노숙자

팔자 기구하여
가족사랑 바람처럼 날라가고
돈 못 번다고 냉랭한 눈초리 못 견디며
용기 없고 목이 꺾어져
어쩔 수 없는 운명의 길

던져 준 돈 줍고 주워
꼬기꼬기 이밥이 되고
혀치는 소리마다
마음의 위안 삼다
그래도 아직은 행복하다고

콩크리트 아래 목
신문지 덮고 잠들 제
천추의 한을 씹으며
죽음을 기다리는 신세가 된것을
기인 한숨을 내쉬어 봅니다

초설

첫눈이 조용히 펄펄 날리어 오고
산야는 조용히 파묻히어
점점 흰색으로 물들어 가는데

동구를 바라보는 순간
이 마음 회한의 사연이
콧노래로 가볍게 이어지네

상쾌한 새벽길 눈을 밟으며
언짢은 마음 흔들어 풀고
생기 돋는 발걸음이 가볍구려

물동이 이고 가는 처녀
미끄러운 발걸음 위태로워
내 마음이 불안스럽고

송백에 한알한알 쌓이는
송이눈이 가지가지 소담스러워
은 백색이 우아한 설화가 만개 하였네

급난急難

마음 무거우니 몸도 천냥이고
잠은 깨었지만 새벽이라
뒤척뒤척이다 내처 잠이 들었어
긴장 속에 눈뜨고 보니
해는 중천에 떴고 시계를 보니
약속시간 한 시간 전
양치질 세수는 대충이고
닭 모이 어떡하고 강아지 밥은
설치다보니 화장실이 급한데
이웃집 노파
무엇을 써 달라 성화를 대내
허겁지겁 와이셔츠 입었으나
단추 구멍 잘못 끼워
다시 벗어 입을 제 울고 싶어라
뛰면서 차 몰고 가다 보니
핸드폰을 두고 왔어
내 달아 갔지만 섭하게도
관광버스는 보이지 않고 마음만 처지네

〈풍죽(지조)〉

(40cm x 135cm)

간두竿頭에 서서

찾아든 조류독감에
기르던 닭 구덩이로 다 들어가고
닭장 쳐다보니 비애가 서린다
배추농사 어떨는지
씨 뿌리고 하늘보고 몸부림쳤드니
봄 날씨 좋아 지천 된 배추농사
갈아엎는 심정
속에서 불이 난다 어이 할고
농촌은 흉년이고 도시는 풍년이니
풍년 들고 한숨 짓는 세상
대출이자 안주면 집 날아가고
사채이자 못주면 전답이 날아간다
전기 수도 독촉장은 쌓이고
치매 앓는 어머님 어이 할고
부글부글 속이 끓는다
막다른 골목 갈 곳이 없다보니
실망이 내 목숨 노리고 있어
어찌 할 고

회고回顧

고초만상苦楚萬狀 힘들어도
내색 없는 그 사람
손발 닳도록 허우적 거리며
가족을 보살피던 여인이시여
한 베게 베고 눈물 지으며
서로 다독거리고 꿈꾸던 시절
이럴 줄 알았으면
내 몸 던져서라도
당신에게 초롱불 되어 줄 것을
모두가 후회스러워
촛불은 꺼졌는데
소용없는 넋두리
내님 가신 자리
보고 또 보고 더듬어 보면서
혀를 차 봐도 시원치 않고
마음이 이렇도록 허전할 줄이야
환상의 기인 한숨만 흘러가니
마음이 찢어지는 것을

졸업식

다듬고 새기며
배워 온지 어제 같은데

날과 달이 지나서
벌써 세 번이나 해가 저물었나

선생님 얼굴 보니 너무 슬퍼요
착잡한 마음 온누리가 무너진다

황혼의 노을빛이
잠드는 형설지공

타는 듯 복받쳐 오르는 심정
달래며 참아봅니다

이만큼 키워주신 선생님의 공훈
고마운 시련들 어루만지며

정을 두고 가면서
하염없이 눈물 짓는 이 마음 어쩌나

뒤 돌아보니 정들었던 배움터
떠나기 슬퍼 또 웁니다

옆집 문수 엄마

어저칵호ᄒᆞ지 햔산이 너무의얼라
운명이라기ᄂᆞ 너무섫어위
반신불수 중풍살가거
각다깜것오쇠되서
궁어가ᄆᆡ 둥섯오콩튀ᄃᆞᆺ하ᄂᆞ니
허기저서 갈곳ᄃᆞ에블어
집에가ᄆᆞᆫ 방이었ᄒᆞ니
허업이어지ᄌᆞᆼᄋᆞᄉᆞᆫ참고
백금엄어ᄃᆞ빵한곳자ᄃᆞ어 아까위
잔산방엇겠지 고의하여서
무정셜ᄋᆞᆼ웃요엇게하여
친울어ᄃᆞ백한향이없고
무잔잣어쩌하화고
우ᄃᆞ어차화지여갔ᄂᆞ니
옆집ᄉᆞᆫᄉᆞ구엉아

용두사미

마음이 착잡하게도
처음 시작이 가장 중요 하거늘
삑적지근 담만 커서
기획도 없이
설레발이 너무 요란스러워
시작할 때 용맹이
초지일관치 못하고
고개가 기운을 잃고 점점점
외로 수그러 석양이 넘듯
피죽도 못 먹은 꼴이 역겨워
사방천지들 바꿔놓듯
강공하게 설치더니
용두사미 꼴을 부스스 눈을 부비며
기세 잃고 좌절하며
먼 산 바라보고 긴 한숨만 쉬고 있네

우매愚昧

선악을 분별 못하고
희노애락 못 느끼면
우마와 다를 것이 없어라

식견이 무능하여 자괴自愧를 모르면
우매한이 되는 것을

억울한 사연도
고민 하다하다 지치면
해를 당하며 굳어져 내리고

화려한 영광도 모른다면
어찌 밥버러지 아니겠소
배울 때 뒷짐 지고 콧노래 부르다
머리에 서리 내리면
무식 장애가 되어

그제사 눈 뜬 소경 되고
귀머거리 된 것 한탄하며
후회한들 속수무책이라오

지나친 사랑

너무 귀여워 내 자식인데
핥아주고 어허둥둥 내 사랑
잘못을 훈교 못 하여
죄다 모르고 자랐으니
망신당함이 다반사라

아무리 참자해도
괴로운 심정 혀만 저리고
열불이 치솟을 때 이건 아닌 것을
가슴을 뜯어 몹시 후회한들

애만 더 태우는구려
오냐오냐 내 사랑이
무지 무능자로 내가 만들어
눈 뜨고 볼 수 없는 언어 행동
어이 할 고 못 말려
괴로운 마음 파도만 세차구나

늦기 전에

요망한 간사 속에 푹 빠져
안개 속에 세월 가는지 오는지

한 표 얻을 제 심부름꾼 된다고 했거늘
기회는 이미 떠나고 있어

겉으론 꽃 보듯 향기롭지만
뒷골목 걸어봐야 눈에 보이고
서민의 눈물 무엇인지 알터인데

표 한 장 아쉬울 때가
성큼성큼 다가오고 있으니
귀 담아 똑똑히 걸었어야 했는데

뿌리 썩은 나무 잎과 가지
얼마나 더 견딜고
미리 예방 못한 것이 아쉬워 가슴 저미네

깨어진 바가지 들고 슬퍼 말고
소 잃고 외양간 고쳐도
잃은 소 돌아오지 않더라

긴긴 가을밤

달빛 어린 삼경 속이 적요하고
긴긴 가을 밤 풍경에 빠져들어

별은 졸고 삼라가 조용한데
낙엽이 으스스 가을소리 쓸쓸하구려

긴 밤 뒤척이며 지새울 제 귀뚜리
울고 울어 왠지 오늘 더 슬프고

이 가슴에 이는 애 물결
속절없이 한숨지어봅니다

새벽 달 걸쳐 어슴프레 하고
물소리 유난히 크게 처량하며

기러기 우는 소리 창공에 애처러워
방울저 매달린 찬 이슬 걱정되니

새벽바람 냉냉한데
마음 속 감회가 스산하구려

그리운 정

인생 살아가노라면
정도 주고받으며 알뜰살뜰해야지
없이 살아도 정이 넘쳐 흐뭇했고
한 알 콩떡 베어먹다 주는 정
나물 죽도 노나먹던 정
살아가는 진미가 행복했는데
넉넉하고 부유한 숨소리 언제부터인가
살뜰한 정 사라지고
한 톨도 욕심내며 시비소리만 커지며
대문 걸어 챙기고 못 본 듯
과욕 부리다 허당을 짚더니
십리도 못가서 우수수 병이 난다
어이할고
석양성에 오리 알 떨어지고
뉘엿뉘엿 땅거미 찾아들어 급하게 될제
이제사 고개 떨구니
등잔불 밑에서
오순도순 노나먹던 정
그 세월이 다시는
가슴을 찢어도 돌아오지 못하리

선계仙界

산이 깊고 웅려雄麗하여
백운이 자리 잡고 쉬어가는 곳

골 깊어 수려하니
바람도 속삭이며 살랑살랑 놀다가고

별님이 찾아와서
노래불러 춤추는 곳

유유자적 편안한 마음
옥계 속에 눈 감어 지긋이 잠들고

둥근 달과 벗을 하니
운산월성雲山月城 마음속이 고요하다

홍진 세상 벗어 던지고
늦어 청산에 낙을 찾으니

흘러 보낸 세월 서글퍼
후회만이 장장추야 젖어드네

토장국이 효자

욕심내며 가르치기를
소 팔고 땅 팔아 안 먹고 안 입어
큰 아들 유학까지 했고
둘째 대학까지 마쳤어
막내는 초등학교밖에 못 가르쳤어라
유학한 놈 미국에 살면서
십년 넘어도 못 오고
대학 나온 놈 서울 살면서
두 번 명절도 돈 없으니 아프다고
요리조리 핑계 삼아 안 오고
초등학교 막내 농부로 힘들어도
부모 모시고 효도하며 잘 사니
어이없어라 이럴 수는 없는데
아뿔싸
대학 나온 형놈 농사꾼 아우에게
쌀 꿈질 하러 뻔질 드나드니
분 하지만 감내해야지
공장에 다니며 잘 살터인데
지나친 내 욕심이 송두리째 망쳐버렸어

회심의 눈물

가을 색 곱고 예뻐도
곧 고사되어 사라질 신세
단풍 예쁘다고 춤추는 군상들이여

싫다 서러워 어쩌면 그리도 몰라
낙엽되기 싫어 버티며 우는데

인생도 단풍 들어
희비의 얼룩을 벗지 못하고
낙엽되어 어느 골터에 구를 몸

황혼 속에 몸부림치며
구차스럽게 눈물 저 가야만 하나

사시절의 흔적은 사라져
추억으로 넘기더니
제자리 찾아 다시 드는데

인생 길
어찌 하야
한 번 가면 다시 아니 오는고

파멸破滅

윗자리 있으면서
아랫사람 바르게 거느려야

감히 눈치 보며
누가 바르지 않겠는가

비행을 자행하다
아랫사람에게 코 꾀이면

삿된 행동거지 눈에 거슬려도
탓 할 수 없어

썩은 벽돌 섞어 가며 대충대충
엮어 해도 말 못하고

닥쳐올 무너짐 어떻게
후회 한들 때는 늦어버렸으니

가슴 찢어진다
파멸의 망치소리 힘이 없어 가고 있네

〈치족도 (행운)〉

(40cm x 60cm)

불안不安

비 바람소리 쓸쓸히 스산하여
어이도 한밤중 황솔하게 몰아치니

애써 핀 국화송이 심란스러워
그리도 마음 편치를 않고

즐겁다 소풍 연연 하면서
뒷동산 단풍 꽃 예쁘다 보지만

고사되어 낙엽 될 날 얼마련가
한 잎 한 잎 가져가는 된바람
애처로운 마음 설레어 들고

고사목에 까마귀 슬피 울제
산세도 높이 떠서 멀리 가고
달도 외로워 구름속으로 숨어들며

멀리 희미한 종소리는
몹시 애간장을 글거 하네

제10부
새벽이슬

〈새벽이슬〉

(70cm x 70cm)

〈사랑〉

(40cm x 70cm)

무정세월

반가워 핀 나팔꽃
날 보더니 기다린 듯
손짓하며 놀자하는데
달려치는 세월 너무 야속해
향내 조아리며 가무도 못 읊어 야속하구려

거울에 비친 내 머리털 믿기 어려워
서리가 성성한데
수작을 언제 찾을고
세월아 제발 소원하노니
즐기면서 천천히 쉬엄쉬엄 어떠할까

세고에
희비가 있다던데
웃음은 어데로 가고
슬픔 눈물 흘리며 찾아드는고
세월아 덧없이 가지 말고
화락을 즐기면서 정답게 가자구나

봄이 오네

봄봄봄 넘실거리며
화창한 꽃 봄이 오네
매화는 끌고 동백은 밀며
나비 벌 꽃 마차 타고
사랑 노래 부르며 같이 오네

멀리 잠들고 있던
생동 봄이 어화 즐겁다 두둥실
어이로
부리나케 성큼성큼
눈앞에 웃고 와 있네

비비며 눈뜬 만휘군상
화장하고 때때옷 걸쳐입고
있는대로 멋을 자랑하며
사모하는 연인 만나듯
춘화춘 떨쳐 보이면서

꽃봄

소식 없이 내달려 오는 봄
온난한 바람타고 바삐도
서둘러 득달같이 와있어
꽃 봉우리 어제 보이더니 오늘
활짝 터져 향 먼저 풍기고

오늘 아침 분홍 꽃 단비 마시고
웃음 지으며 얼굴 밝으니
시샘하는 자홍 꽃이
눈 흘기며 손 먼저 흔들어

동산에 창꽃 나무
꽃 봄이 언제 오나 손꼽아
설레발치면서
어즐하게 눈부신 분홍 꽃
안개 속에 요요히 봄을 안고 사랑을 하네

염서炎暑

찌는 듯이 무더워 벗어제처도
염천의 고집 수그러 들지 않아

냉수 그림자는
언제 지나갔는지 아득한데

베적삼도 땀이 흘러
찾아 앉은 노승 그늘 밑

산 까치도 몰아쉬는 숨소리
이 아닌 염천에 서곡인가

계곡물 낙수소리
더위는 쉬엄쉬엄 눌러가고

골짜기 시원한 청량바람
선경의 회심처가 바로 여기네

염풍은 차차 멀어저 간다 해도
깊어저 가는 염서의 밤은 어쩔 수 없네

초야

붉어진 산등성에
쓸쓸히 식어가는 황혼 그림자

뉘엿뉘엿 숨어드는 어둠 속
간간히 찾아드는 솔바람 소리
넌지시 스쳐가고

산새도 제 집 찾아
날개 짓이 속동인데

노을진 간수 소리
점점 더 가까이 옮겨와

이 마음 쓸쓸히 훔쳐 흐르고
바위틈 단풍잎새
어쩌면 타는 듯 붉디 붉으뇨

바람이사
단풍가지 흔들어
이내 옮겨 멀어져 머얼리 가네

애호박

몇 폭 모종 심은 애호박
비는 안보이고 애는 타들고
매일 아침 힘들어도 물통 들고 뛰어야
목숨 부지함으로 가족의 사랑을 알아
잘도 뻗어가는 호박넝쿨
그리도 싱그러운 행복이 넘쳐나고
노란 꽃 피며
한두 마리 벌이 들며 날드니
애호박 하나 신기하게 달렸어라
무럭무럭 자라더니
어느새
딸 때가 된 듯 안 된 듯 가늠 어려워
아까워서 냉리뜨기로 했는데
아뿔사
하루 새 너무 커버렸어
딸 시기를 놓치면
씨가 생겨 맛이 없다나
농부 되기는 아직도 식이 모자라

청산멜로디

풍진 속에 때 묻은 오욕
청산에 들어 훌터버리고

연연한 간수소리 내것으로 삼아
마음 사로잡고 귀 울리며

산엔 약초가 자라서 병이 없고
물엔 금붕어 놀아 가난치 않으며

낭랑이 들려오는 산새소리
골잡아 선율이 상쾌하니

아름다운 강산 마음에 담아
동고동락 노래 불러 하면서

명상에 들어 눈 감아보니
시상이 오묘하게 아름다워

청산의 멜로디가
이토록 인생의 보약이 된 줄은

봄안개

창을걷어 오직무궁여어죄
아외숭하서도
두번을울음서
들여다몯하도영성이아니쇠여
회미한상계속
묏도경궁하여죄
느께한 일을가흐고엇읏지도
삼황겅어이러교엿읏가
안개속어근천인글의화섯녀
삭시창영창어상랑의벌죄기흐르고
보일듯아니큰일으듯
찬잔한 봄안서수중어
신혈을둘며치
봄
안
개

가을의 정서

오! 가을이여
쓸쓸한 심정

한구석 허전하고
잃어버린 빈자리 아쉬운 듯
낙엽이 굴러 간다 명을 다하고

조각구름 길을 잃고 오락가락
한만 스러운 빈손
어이 호젓한 가을의 정서가 아니냐

쓸쓸풍 넌지시 지날 적에
요요히 나부끼며 고개 숙인
코스모스 수줍어

너 웃으며 곁눈질 할제
맑아지는 이 마음
청명한 기분이어라

언제 보아도
고결하고 청초한 너의 맵시
아침 이슬에 더욱 빛나고

무아경에 도취되어
눈을 감으니
고운 듯 예쁜 듯

오래오래 네 향기에
취해 보았으면
오래오래 네 향기에 젖어 들면서

동춘動春

희망의 붉은 계절 솟아올라
삼라가 생동하며 나래 펼치고

청춘의 꿈을 꾸는
삶의 기가 용트림 치며 눈을 뜬다

꽃 바람 솔솔솔
붉은 꽃 얼굴 수줍어 웃을 제

처녀 마음에도 꽃 피어
벌 오기를 기다리며 싱숭생숭

새들 바람 산들산들 불어오니
마음은 뜨겁게 요동치고

바구니 끼고 웃음 지며 한나절에
쌍쌍이 나물뜯는 봄처녀 마음에도

상쾌한 봄 언덕의 야취가
마음의 흥을 돋아 더욱 생동케하네

봄의 정서

화사한 꽃바람 보슬비 까지
늘어진 버들 사이로
촉새들이 날다 앉고 사랑을 속삭이고
날리는 꽃향기 내 몸 적시며
찌드른 이 마음 꽃 냄새로 씻어주네

종달이 창공에 높이 떠
울음소리 귀속에 곱게 흐를 제
그 고운소리 그림자도 안보여
얄미운 허공에 메아리
나를 희롱하면서

들판을 한가히 넘노닐제
길옆에 버림받은 반지꽃 한 송이
내 맘에 환히 빛나고
청풍도 반가운지 내 옷 자락
넌지시 부여잡네

빈손

싱숭생숭 흔들리는 사연들
허전한 빈손
비에 젖어 울고 바람에 쓸려울고
향기에 젖어 치유해도
이 아닌 밤에 나 홀로 허전해

생각 난다
냉이 쑥이 자라던 그 시절
나물 뜯으며 옥순이 떠들던 모습
그 시절 추억이 희미하게 스치니
허전한 빈 손

담 밑에 양지 쪽 웅크리고
너는 엄마 나는 아빠
천진하던 그때가 다시 안 오나
그 시절 마냥 그리워
가여운 마음 허전한 빈손

야곡野曲

춘조는 산복에 울고
허공의 종달새 달려 우는 소리

풀뚝에 아기 염생이 봄을
찬양하면서 귀엽게도
낭랑한 음매소리 사랑스러워

냇가 봄 물 소리
청량한 바람 일어 시원히 흐르고

호들기 소리가 가냘퍼도
봄을 노래하는 서곡이어라

밭가는 농부
이러이러 어리여 소모는 야곡소리
그 속에도 낭만은 있어

흥얼대는 콧노래 불어 탈제
농촌의
정다운 향수의 야곡이어라

야설夜雪

온 누리에 쌓인 밤의 설경
은광이 넘쳐 넘쳐 흐르고

죽림의 꿋꿋한 기백은
몰아치는 설한 풍 속에서 더욱 빛나고

앞산 노송에 덮인 백화송이
달빛에 더욱 향기로워

설화가 풍기는 가향의 멋
눈속의 정서가 아름다워 시상이 일고
마음속에 서광이 솟구쳐요

설야속에 노송의 울음소리
고적해서 눈을 지긋이 감을 제

까마귀 짝을 찾아 우는 소리
잔잔한 야설 속에 젖어 흘러
더욱 처연속에 빠져드네

새벽이슬

성긴 울 밑에
늙어 오랜 앵두나무
엉겨 붙은 가지마다 쌍쌍이

활짝 흰꽃 피어
송이송이 새벽이슬에 빛나고

벌 한 마리 지나다 앉아
입 맞추고 날아 간다

꽃 그늘에 누워
그림자 쳐다보니
화중와락花中臥樂이 더없이 즐겁네

잔 바람에 이슬방울 재롱부리니
가지 꽃 더욱 색이 찬란하고

새벽이슬 날리어
방초위에 초롱초롱할 제

아침햇살에 영롱한 이슬
더욱 새로워 찬란 하구려

호젓한 산길

효양산 일망대 가는 오솔길
황엽속에 단풍 잎 어우러져

곱고도 우아한 정서가
몽땅 훔쳐가는 내 마음

바람아
짓궂기로 단풍잎 흔들어끌고 가지마라

낙엽으로 고사 될 날 눈앞이니
어이 섧지 않으랴

산은 고을 잡아 요요하고
하늘은 멀고 아득한데

잔디밭 한 구석에
고개든 야국이 웃고 있어

듬뿍 정 주고 싶은 심정
이내 솟고라저 동하는 마음

고독

뒷동산 초승달 보는 이 없고
앞강에 빠진 달 찾는 이 없어 외로워
흘러가는 강물은 예와 같건만
어찌하여
이 마음은 외로이 변해가는고

솔밭의 설한풍 쓸쓸하니
적요한 마음일고
고사목에 뻐꾸기 우는 저소리
착잡한 심정 달래지 못하고
회포를 풀지 못해 더욱 외로워

정 두고 먼저 떠난 님은
사계절이 모두 지나가도 소식 없고
바람소리만 슬프게 메아리치니
빈자리 만져볼 제
홀로 가야하는 인생 길 외로워

산이 좋아

산 바람 마음 가득히 파고 들어
상쾌한 기분으로 따라나섰지
총총 길 돌고 돌아
기어코 산마루에 오르니
화악 트이는 마음 말로 못해

고공의 짜릿한 멋이여
시원한 바람 만나 생기 맑으니
진세 뒤로하고싶은 심정
어찌
유유자적을 탐내지 않을까

오염된 속세를 벗어남이
그리도 좋은 것을

야호 소리에
신바람 메아리 치니

호시간이 너무도 짧아
커피 한잔으론 아쉬운 정 달래며

〈금강산 만물산 계곡도〉

(70cm x 135cm)

〈빛날 화〉

나그네 설움

해 저무는 강 언덕에
외로운 나그네 그림자
어데서 와서 어데로 가는지
노을 속에 젖어 들어
힘겨운 발걸음이 무겁구려

만연한 나그네 신세
초승달 눈치도 애처로운 듯
옛 친구 불러봐도 대답 없는 메아리
천애한 구름 산이 첩첩하여
외로이 달빛 없는 밤길 걷고 있노라

인생길 나그네 되어
산전수전 겪으며 가는 길
바람에 지는 꽃잎도
물위에 흘러흘러 서글프게
어데로 가는지

흑뚜리

마루 끝에 숨어 우는 저 소리
애처로운 가을의 정서로고
달은 밝고 고요히 깊은 밤
들을수록 외로움에 도취되어
마음 가득 구슬퍼진다

애련한 그 소리 밤을 새워
심부를 들처 놓으니
내 마음도 울적해지고
애환의 비애가
천근만근 헤아리기 어려워

언제 들어도 쓸쓸한 고뇌 소리
생의 고달픈 비애가
내 마음을 울리고

어찌 실솔아
그리도 무엇이 슬퍼
밤새 울어 하느냐

이영로 화백 80년간의 삶의 흔적

경기도 이천시 부발읍 신원2리 530번지 평촌 출생

상장 수상 및 주요행적

1979.3.3.1 독립기념 종합미술대상전 금상

1985.5. 중국 사자문화예술대상전 금상

1992.3. 국제도서연구보존회 연구위원 위촉

1992.3. 한양미술작가협회 육성위원 위촉

1992.4. 국제서도연구보존회 총재상

1992.5. 제7회 대한민국종합미술대전 대상

1992.5. 국제서도연구보존회 우수작가 인증서 수여

1992.5. 한미 국제교류종합예술대상전 초대 작가상

1992.7. 한일 국제교류 대상전 초대작가상

1992.7. 법무부 공주교도소 강신웅소장 감사장 수여

1992.8. 부안 밀알장학기금 모금 전시회 감사장

1992.10. 국제미술대사관상 수상(NGO)

1993.4. 법무부 영등포구치소 박상정 소장 감사장

1993.6. 대구불우청소년 소녀가장 돕기 전시회 감사장

1994.2. 법무부 서울소년분류심사원 이지우 원장 감사장

1994.4. 제9회 대한민국종합예술대상전(국전) 종합 대상(맹
　　　　호도)

1994.4. 법무부 김두희 장관 대상

1994.9. UN 세계평화국제예술대상전 초대작가상

1994.11. 제9회 대한민국종합예술대상전 우수작가상

1994.11. 법무부 안양소년원 김용태 소장 감사장

1995.4. 세계법왕상(NGO)

1995.5. 국제 미술지도문화상 (NGO)

1995.5. 한중 국제교류예술 대상전 대상(불서)

1995.5. 대한민국종합예술대상전(국전) 제10회~27회 심사
　　　　위원(현)

1995.7. 중국 장춘국제종합예술대상전 대상 수상 (잉어도)

1995.7. 중국 장춘박물관 작품연구소장 감사장 수여

1996.1. 법무부 대전소년분류심사원 김용태 원장 감사장

1996.1. 세계법왕 서경보 감사장 수여

1996.2. 미주 Chicago 한인회 권덕현 회장 감사장 수여

1996.3. 법무부 서울소년분류심사원 이시균 원장 감사장

1996.4. Michael J Jonamm secretary Board of Education
　　　　(미국) 교육위원회 감사장 수여

1996.5. 세계평화교육자상(NGO)

1996.5. 육군 제7군단 남북통일시비건립추진위원회장 감사
　　　　장 수여

1996.7. 법무부 안우만 장관 방문지도위원 위촉

1997.1.법무부 대구소년원 시병호 원장 감사장

1997.5. 중국서화함수예술대학본교 왕죽권 총장상

1997.5. 중국 국제교류예술전 참가 예술인단 한국단장 위촉

1997.6. UN 세계평화국제예술대상전 대상(UN)

1997.7. 중국 천지국제예술대상전 대상(매화도)

1997.7. 중국 연변서화함수예술대학 조직위원회 심사위원 위촉

1997.8. 중국서화함수예술대학 명예교수 임명(현)

1997.8. 중국서화함수예술대학 한국 분교 부교장 임명

1997.10. 러시아 문화부 Dr.Galima 장관상

1997.11. 일본 전일권 예술대상전 장려상

1997.11. UN Academy 세계평화상 수상(UN)

1997.11. UN IAEWP 예술분과위원 및 부원장 임명

1998.3. 법무부 청주소년원 박효찬 원장 감사장

1998.7. 법무부 박상천 장관 방문지도위원 위촉

1998.9. 법무부 대덕소년원 백남길 원장 감사장

1998.12. 서울특별시의회 김기영 의장상

1999.5. 법무부 충주소년원 이광님 원장 감사장

1999.5. 인천광역시의회 강부일 총장상

1999.7. 세계외교관상(NGO)

2000.6. 중국 길림서화함수예술대학 화선우 총장상

2002.2. 법무부 서울구치소 하근우 소장 감사장

2002.5. 미주 시카고 M Daley Mayor 오선시장상

2002.5. 미주 예산처 Mania papase 장관상

2002.5. 미주 시카고 M Daley Mayor 시장 감사장 수여

2002.8. 법무부 서울소년분류심사원 강수영 원장 감사장

2004.1. 법무부 대구소년원 오세진 원장 감사장

2004.7. 법무부 천정배 장관 방문지도위원 위촉

2006.2. 이천시부발중학교 곽수영교장 감사장

2006.5. 제21회 대한민국종합예술대상전 원로작가상

2006.9. 한중국제예술대상전 한국화·서예 명장상(인증서 수여)

2006.9. 한중국제예술대상전 초대원로 작가상

2006.12. 부산노인종합복지관 김채영 총장 감사장 수여

2007.3. 이천시 원로위원 위촉(현)

2007.5. 제22회 대한민국종합예술대상전 원로작가 인증서
       수여

2007.7. 중국 천지국제 예술조직위원회 회장 감사장

2007.11. 법무부 홍성교도소 김영식 소장 감사장

2008.5. 제23회 대한민국종합예술대상전 원로작가 대상

2008.5. 중국라우닝대학종합예술대상전 대상

2008.11. (사)국제미술작가협회 이사 위촉

2009.2. (사)국제미술작가협회 부회장 위촉

2009.5. 제24회 대한민국종합예술대상전 동양화 원로좍가상

2009.5. 대한민국 국회의원 황우여 국제문화예술 대상

2009.12. 법무부 청주소년원 이경호 원장 감사장

2010.7. 스포츠조선일보 2010년 7.30일자
       대한민국 문화예술부문 미래선도혁신 한국인위촉(현)

2010.7. 평생교육 서예부 강사 이천부발중학교

　　　　 이천시 송정중학교, 이천시 사동중학교

2010.7. G20정상회의 기념 제25회(국전) 원로작가 대상 수상

2010.10. 이천시민 문화대상 수상

2012.5. 제27회 대한민국종합예술대상전 청룡대상

30년간의 미국생활을 정리하고 가족은 미국에 두고 2004년 당신 홀로 이천시 부발읍 신원리 고향으로 귀향하여 서예 동아리를 설립하여 후진양성을 하고 있다.

전시회(개인전)

1985.3. 퇴계로 복지화랑 개인 전시회

1988.5. 인사동 인조화랑 개인 전시회

1989.2. 중랑시민회관 개인 전시회

1989.5. 화랑신세계전시관 개인전시회

1989.10. 인사동 불교회관 개인 전시회

1992.3. 미주 Chicago Fost 문화센터 개인 전시회(5회)

1992.8. 부안 밀알 장학기금 모금 전시회

1993.6. 대구 불우소년소녀가장돕기 전시회

1993.10. 미주 Chicago Fost 문화관 전시회(미전역 TV방영)

1994.3. 미주 Chicago Fost 문화센터 개인 전시회

1996.10. 미주 Skoky 시민회관 문화센터 자선전

2002.2. 미주 Asian American Festival 국위선양 휘호 전시회

2004.5 이천시 지광화랑 자택 귀국 전시회

2006.9. 이천시민회관 불우이웃돕기 자선전시회

2008.10. 이천부발농협센터 장학기금 모금 전시회

2011.5. 이천시 아트홀 "내일도 희망찬 해는 솟는다" 시집 출판
　　　　기념회2011.5. 이천시 아트홀 장학기금 모금 전시회

*교도소 위문교화전시 30여회(작품 모두 증정함)

상설전시매장: 경기도 이천시 부발읍 신원2리 530 (경기도 이천
시 부발읍 중부대로 1857번길 68호) 지광서화연구원 원장 지광
이영로 (010-4758-8889)

웅비약진

초판 1쇄 인쇄일		2017년 1월 3일
초판 1쇄 발행일		2017년 1월 4일

지은이		이영로
펴낸이		정진이
편집장		김효은
편집 · 디자인		우정민 백지윤 박재원
마케팅		정찬용 정구형 정진이
영업관리		한선희 이선건 최인호 최소영
책임편집		백지윤
인쇄처		국학인쇄사
펴낸곳		국학자료원 새미(주)
		등록일 2005 03 15 제25100-2005-000008호
		서울특별시 강동구 성안로 13 (성내동, 현영빌딩 2층)
		Tel 442-4623 Fax 6499-3082
		www.kookhak.co.kr
		kookhak2001@hanmail.net

ISBN		979-11-87488-35-4 *03810
가격		10,000원